清原工

北條民雄・いのちの旅

新版

吹雪と細雨

皓星社

東條耿一　北條民雄肖像画（木炭画　日本近代文学館提供）

清原重以知　雪暮れ
（1937年　油彩・キャンバス　徳島県立近代美術館蔵）

新版　吹雪と細雨

目次

本書は『吹雪と細雨　北條民雄・いのちの旅』（二〇〇二年、皓星社刊）の新版です。
旧版刊行後に公にされた情報を中心に加筆いたしました。
時制については、敢えて旧版のままとしたところもあります。

柊——はじめに

夕まぐれに灯が滲むころ、所沢街道を、田無の方に向かって車を走らせていた。

いまから三十年以上前、季節は秋の初めであったような気がする。画家だった父の、奥武蔵か、秩父での写生に同行した帰りだったかもしれない。父の知己の石川が運転していた車には、父と母と、当時小学校の低学年だった私と、弟が同乗していた。

志木街道との交差点を過ぎ、空堀川を渡ると視界はにわかに狭められ、車は雑木林の中に吸い込まれた。

国木田独歩は「武蔵野」の冒頭で、「武蔵《むさし》野《の》の俤《おもかげ》は今纔《わづか》に入間《いるま》郡《ごほり》に残れり」と書いた。それは、独歩自身の観察からもたらされた慨嘆ではなくて、その後に続く一節に分明なように、「と自分は文政年間に出来た地図で見た事がある」という伝聞である。さらに、独歩がわずかに残れる武蔵野といっているのは、道興准后の「草原わけもつくさぬむさし野のけふの限りはゆふべなりけり」のような、古代から中古、中世にかけての詩興を催させる光景であって、たとえば、都市化の中に失われゆく武蔵野の姿を哀惜して、「慨嘆」したわけではなかった。大町桂月が『東京遊行記』に、「武蔵野、今や野にあらずして、一面の広大なる雑木林なり」と記すのと、同じである。独歩が、「昔の武蔵野は萱原《かやはら》のはてなき光景を以《もつ》て絶類の美を鳴らして居たやうに言ひ伝へてあるが、今の武蔵野は林である」と書いて、むしろ、その美を賞賛したことは、ここに改めて触れるまでもないだろう。

私たち五人を乗せた車が吸い込まれていったのは、独歩が、その美について人々を開眼させた、初夏にはナラやクヌギの若葉が香しいひすい色に輝き、晩秋には黄葉を一斉に散らせるような武蔵野の雑木林だったが、そのときの樹叢は、黒々とした洞穴の入り口のような、陰気で、不安な気配が漂っていた。独歩が見たという文政年間の地図に、南秋津という地名が記されている辺りであろうか。進行方向の左手、柊の生け垣の木の間からは、侘しげな暮らしの灯が、ぽつりぽつりと漏れている。子どもが本能的に覚えるような恐怖が、ひたひたと周囲から忍び寄ってきた。

石川は、その気配に耐えかねたように、話し始めた。

「私の妹は、破傷風で死にましてね。あの病気の最期にはね、ヒューヒューってものすごい音で息をするんですよ。なるほど、破傷風は、破れ障子に風が吹くのかっていう感じがしましてねえ」

破れ障子に風という解釈は、いま考えると奇異だが、そのときの私は破傷風という漢字を知らないし、その病気のことを何一つ知らなかった。後で知ることだが、かつて破傷風は、武蔵野に多い病気だった。

石川の話に誰も返事をしないので、余計その後の沈黙が車内に深く淀んだ。石川の妹という人に会ったこともなかったし、痛ましいという感情は私にはなく、意識して無邪気に話す石川の魂胆が浅ましく、恐ろしかった。それでも石川は続けて、

「私なんかが若い頃にはですね、清瀬の映画には行くなと言ったもんですね。病院から、脱走して出てくるものですから」

「病院の町だからな」

父は独りごちるように、それだけ言った。

石川は、清瀬に複十字病院や、国立療養所清瀬病院のような結核療養所が集中し、かつて〝結核の町〟と呼ばれていたことを、言いたいらしかった。そのことも、もちろんそのときの私にはわからない。清瀬の病院街は、所沢街道の東側に拡がっていたのだ。

私には、石川の話の真意はまったくわからなかったが、いま、私たちの左手にある、柊の生け垣の中から漂う気配と無関係でないことだけは、すぐに理解した。柊の生け垣の中は国立療養所多磨《たま》全生園《ぜんしょうえん》、かつての第一区連合府県立全生《ぜんせい》病院であったことを知るのは、ずっと後のことである。

全生病院は、一九〇九（明治四十二）年、「浮浪癩患者の隔離収容施設」として設置されたものだった。石川はそのかみの癩、すなわちハンセン病を想起させるために、意識して周辺的な話題を提供したのか、あるいは、その理解が漠然としていて、他の病気との一種の混同があったのかはよくわからない。ただ、いまにして思えば、「隔離収容施設」という歴史の暗部とともに、その話題が好ましくないもの、おおっぴらには口外しにくいものであるという空気を、私はそのとき子どもながらに、いや、むしろ子どもであるがゆえに、鋭く嗅ぎ取ることができた。

私の遠い記憶は、ただそれだけである。以来、多磨全生園やハンセン病のことを目にし、そうした話題に浅く加わることがあっても、私の心の中に、それが長く滞留することはなかった。九七（平成九）年の暮れ、私は一人でバスに乗っていて、車内に貼られていた路線図に、ふと目をとめた。そこには「全生園前」、そして「ハンセン病資料館前」という二つのバス停の名が記されていたのである。近くの印刷所に校正に通う必要から、私はそのバス路線をよく利用するようになっていた。出張校正ではときおり、出直すほどではない待ち時間が生じることがある。その日から二週間ほどして、私は何かに導かれるように、多磨全生園と、そこに隣接するハンセン病資料館を訪ねた。

かつて、周囲を丈高く覆っていた柊の生け垣は低く刈り込まれ、三十年前に黒々とした洞穴と感じた多磨全生園は、いま、やわらかい冬日を浴びて静かだった。

西面する正門から生け垣を巡って南に回り、「望郷の丘」、あるいは「望郷台」と呼ばれる築山の側から中に入ると、村の分教場のような古い小学校の校舎が、昔ながらに佇んでいる。乳幼児期の感染がほとんどで、発病までに時間がかかることから長く遺伝病と誤認されてきたハンセン病だが、かつては子どもの患者のために、園内に小学校が営まれ、外とは隔絶されたなかで、教育が行われていたのだった。いま、ハンセン病は不治の病ではなくなって、患者は高齢化し、老朽化した木造の校舎は、歴史の証人としての余生を送っているのだろう。

療養中の人たちが暮らす住宅は、昭和四十年代頃までは、郊外のいたるところで見かけた公営住宅を思い出させる、懐かしい平屋だった。広い園内に、それが何棟も並んでいる。周囲にはとりどりの花卉《かき》が植えられていて、そこで暮らす人々の、穏やかな日常がしのばれる。軒を連ねるように、あらゆる宗教、宗派がそこに祈りの場を設けているということを除けば、郵便局やスーパー風のショッピングセンターがある園内は、ごくありふれた住宅街の光景とも見えた。

しかし、ハンセン病資料館のなかに見たものは、いまの穏やかな全生園の光景と、著しい断絶を産み出していた。かつて、そこで使われていた生活の什器が、患者が着せられていたうどん縞の着物が、褐色になって撚れた包帯が、そして、写真の中で告発する少女の視線が、仮借なく私の肉体に襲いかかった。

資料の展示をなかほどまで辿ったとき、私はそれまでにもまして、足をすくわれる思いがした。彼の、不敵なポートレートがこちらを凝視していたからだ。

彼と同病で、文学を絆とした畏友でもあった光岡良二が、「小刀ででも抉った様に細く小さなそしてどこか三角な眼、それは笑うと殆ど無くなってしまいそうになりながら、その奥にキラキラ光る何かがある。初めての人ならまともに合せていられない眼だ。それは苦しんでいる眼、絶えず相手の心理の裸形を感じ、それに傷つき続けている眼だ。又何かにしっかりと凭れかかり絶えざる憂鬱から逃れようとする無限の飢渇をひそめた眼だ。だが又、感傷もなく卑屈もない、残忍なほど冷たい眼でもある」と書いた、その眼。が、それ以上に私を捉えて離さなかったのは、その眼の、不思議な懐かしさだった。理由あって子どものときに引き離され、長じて後、偶然再会した肉親のような眼。

その日以来、私は彼――北條民雄の声を聞くために、その痕跡を辿ることになった。

Ⅰ．塩田平

その初々しい裸体デッサンの前で、とうとう一歩も動けなくなってしまった。涙がひとすじ頬を伝う――。

裸婦は、敷布の上にぎこちなく横たわっている。画家の前で精一杯ポーズをとる、モデルのけなげさが伝わってくる。鉛筆でなぞられた裸婦の曲線は硬く、量感が乏しいのでデッサンは全体に平板に見える。モデルの表情は情感が薄く、むしろその視線はうつろで、一種の諦念のようなものさえ漂っている。完成度という点からいえば、それはいかにも拙い。未完成であると言っていい。けれどもその拙さ、裸婦を描く作者のひたむきな生硬さが、あまりにも切ない。

作者の佐久間修は、一九一五（大正四）年、熊本県上益城《かみましき》郡御船町で生まれた。三四（昭和九）年四月、東京美術学校（現東京芸術大学）油絵科に入学。卒業後は、郷里熊本の中学校で教職に就いていた。裸婦のモデルは妻の静子。彼女は二十歳を少し過ぎたばかりだった。夫の佐久間はこのデッサンを描いたわずか一、二週間後、長崎県大村市の海軍航空廠で、B29の空襲を受けてその生涯を閉じた。二十九歳だった。

聖地へのきざはしを辿るように、私は一歩一歩土を踏みしめて登った。浄らかな光が山々の翠を溶かしだし、水彩画のような高い透明度で空気を充たしている。

二〇〇一年六月、私は信州の塩田平にいた。その日の午前中、上田で小さなインタビュー取材を終え、かねて心に留めていた無言館と信濃デッサン館を訪ねるため、二両編成のローカル線、上田交通別所線の客になった。途中、塩田町という駅で下車し、午後二時四十分発のバスに乗り、無言館の下で降りた。時刻表を見ると、帰途は四時過ぎの別所温泉行きをつかまえるか、その後の塩田町行きで戻ればいいことがわかった。しかし、その日のうちに東京に帰らなければならないはずの私は、何故か帰りのバスに乗ることを初めから諦めてしまっていた。

これから訪ねようとしている場所では、時間というものを最初から想定して、ただ通り過ぎるようにそこを後にすることを、激しく拒絶する想いが私のなかにあった。これから邂逅を余儀なくされる〝いのち〟たちには、皆あまりにも時間がなかったのだから。その人生は偶然であり、偶然が彼らの運命であったなどと、この私にどうして言えるだろうか。

小高い丘の上に、無言館は息をひそめるように静かに建っていた。コンクリートの地肌をそのまま見せる建物に虚飾は感じられないが、その十字形のプランが、ネーブ（身廊）とトランセプト（翼廊）を持つ、教会建築を思い起こさせた。

長野県上田市の郊外に、先の日中戦争、太平洋戦争で亡くなった画学生たちの絵をあつめた戦没画学生慰霊美術館「無言館」をつくった。コンクリート打ち放しの平屋建て、建坪百二十坪ほどの十字架形をした小さな建物で、戦時中に東京美術学校（現東京芸大）、あるいは武蔵野美大、多摩美大にわかれる以前の帝国美術学校、そのほか京都絵画専門学校、太平洋美術学校などに在籍し、卒業後もしくは学業半ばで戦地に駆り出されて戦死した画学生たち三十余名の、遺作や遺品あわせて約三百点を展示した私設美術館である。（中略）

もともと私はこの土地で二十二年前から「信濃デッサン館」という美術館をもう一つ営んでいて、こんどの「無言館」はその分館にあたる施設であった。「信濃デッサン館」は「無言館」の建つ山王山から直線距離で七、八百メートル（徒歩で十分）ほどはなれたところにある真言宗智山派の古刹《こさつ》前山寺の参道わきにあって、「無言館」よりさらに二まわりも小さな、安ブロックとスレート葺きでできた八十坪ほどの小美術館である。そこには大正期に二十二歳、二十歳の若さで他界した村山槐多《むらやまかいた》、関根正二《せきねしょうじ》、戦前アメリカで活躍し帰日中に三十歳で亡くなった日系画家野田英夫《のだひでお》、あるいは戦後すぐに三十六歳、三十九歳で病死した松本竣介《まつもとしゅんすけ》、靉光《あいみつ》といった個性派の画家たちの作品があつめられている。いずれも、日本の美術史上に特異な足跡をのこしながら、肺結核や気管支喘息、食べるものも食べられぬ貧困のドン底でみじかい生涯をとじた夭折《ようせつ》の画家たちばかりである。

（窪島誠一郎『無言館ノオト――戦没画学生へのレクイエム』）

ドアを押し開けて無言館の内部にはいると、そこは氷室のように冷えびえとしていた。損傷の著しい作品を保護するためか、全体に照明は暗く抑えられている。その名のとおり、館内は無言の世界が支配していた。私は戦没画学生の作品や遺品を一つひとつ辿っていくうちに、周囲から多数の眼に注視されているようで、足取りが少しずつ重くなってきた。眼差しが消失点を透徹する若き自画像、庭や室内に佇む妹、そして姪を丹念に写し取った愛すべき作品たち、モダンな都会風景や故郷の山々、波が荒れ、あるいは岬や灯台のある海景、謹厳な家族の肖像、そして出征の直前まで一刻を惜しんで筆を入れ続けた恋人や妻のヌード。無言の世界はある意味では際限もないほど饒舌で、作品や遺品のなかの彼らと対話を続けるうちに、いつしか進路を見失いそうになった。

佐久間の裸婦の前で、ついに私の歩みは止まり、呆然と、文字によって封じ込められたもう一つの新妻のデッサンを思い返していた。

胸までつかる深い湯の中で腕を組んで、私は長い間陶然《とうぜん》としていた。ひどく良い気持だった。外は凩《こがらし》が吹いて寒い夜だったが、私は温かい湯に全身を包まれているので、のびのびした心持であった。私は結婚したばかりのまだ十八にしかならない妻のことを考えていたのである。春になったら、田植時までの暇な時期を選んで彼女を東京へ連れて行ってやろう、なんにも知らない田舎娘の彼女はどんなにびっくりすることだろう、電車や自動車にまごまごするに違いない、すると俺は彼女の腕をとって道を横ぎる、大きなビルディングや百貨店を彼女に教えてやる、すると彼女はどんな顔をして俺を見るかしら、自分の夫が色んなことを知っているということは女を頼もしい気持にするに違いない——。

それからまだ色々のことを考え耽っていると、

「お流ししましょうか。」

何時の間にか彼女が風呂場の入口に立って小さな声で言った。ひどく羞《はずか》しそうにおずおずした声である。下を向いている。私はちょっとまごつきながら、

「うん、いや今あがろうと思っているから。」

と、とっさに答えたが、実はそう言われた瞬間、私は自分の体を彼女に見せるのが羞《はずか》しくてならなかったのだ。（中略）

私は今も折にふれてその時のことを思い出すのであるが、その度《たび》になんとなく涙ぐましい

気持になる。神ならぬ身の——という言葉があるが、その時既に数億の病菌が私の体内に着々と準備工作を進め、鋭い牙を砥《と》いでいようとは、丸切り気もつかないでいたのである。私はその時まだ十九であった。十八の花嫁と十九の花婿、まことにままごとのような生活であったが、しかしそれが私に与えられた最後の喜びであったのだ。そして彼女を東京見物に連れて行くべきその春になって、私は、私の生を根こそぎくつがえした癩の宣告を受けたのである。それは花瓶にさされた花が、根を切られているのも知らないで、懸命に花を拡げているのに似ていた。（北條民雄「発病した頃」）

佐久間修の妻静子さんは、戦後も亡夫が最期に描き残した自身の裸体デッサンとともに二人の子どもを育てあげ、先ごろ佐久間の待つ天上へと旅だたれた。佐久間の遺品はデッサン以外にも、同じく静子さんをモデルにした油彩画や新婚時代の写真、軍服のボタン、ベルトの金具、鍵、煙草ケース、手帖、美校在学時の各種賞状、海軍省からの弔意文などが残されていたという（窪島誠一郎『無言館ノオト』）。

北條民雄の場合、結局妻とは破婚している。しかも北條は、彼女の生前、そのデッサンを残してやることすらできなかった。ちょうど佐久間が東京美術学校に入学した年、北條は思いも寄らなかった元妻の訃を聞き、その思い出に血肉を通わせるような気持ちで、「発病した頃」という断章を書き残したのではないだろうか。この未完の随筆はもちろん、北條の生前、人目に触れることはなかった。

ところで、私が塩田平を訪れた一と月ほど前、熊本地裁で一つの判決が言い渡されていた。それはハンセン病元患者に対して行われてきた、らい予防法による絶対隔離政策は憲法違反であり、それを放置し、適切な措置を講じなかった政府の責任と、国会による「立法不作為」の責任を認めるというものだった。判決翌日の新聞の社説には、次のような件があった。

ハンセン病対策の歴史を振り返ると、この国が抱える様々な病巣が浮かび上がる。政策の誤りが明らかになっても、行政の無謬《むびゅう》神話に縛られたり、体面を考えたりして、容易に方針を変えない。官僚任せに慣れた国会は本来の機能を発揮せず、学界は異なる意見を封じ込める。社会も異質なものを排除しがちで、無知と無関心によってしばしば新たな差別を生み出す。

（二〇〇一年五月十二日付『朝日新聞』朝刊）

ハンセン病国家賠償請求訴訟で、原告の主張が認められるとすれば、まずこの事実を確認すること以外にはあり得なかった。だから、政府がこの訴訟についての控訴見送りを決め、第一審判決が確定したとき、原告になったハンセン病元患者の人たちが「勝った、勝った」と快哉をさけび、あるいは涙を流しながら抱き合って喜び合う姿がテレビの映像で流されるのを観て、私も喜びと安堵感の濃い、深い感慨を味わった。

けれども前出の社説を再び読み返し、結局私たちが長い時間をかけて、ようやく共通の認識にすることができた事実はこれだったのかと思うと、やはり名状しがたい疲労感に襲われた。「勝訴」とか「敗訴」という手続きを経て、私たちは一体、何を知ろうとしてきたのだろうかという痛切な思いにもとらわれる。らい予防法に限らず、たとえば戦争という究極の暴力についても、「行政の無謬神話に縛られ、体面を考えたりして、容易に方針を変えない」ことによって、どれだけ多くの犠牲者の、貴いいのちが失われたか計りしれない。しかし、摘み取られてしまった一人ひとりの人生には、もとより勝ち負けなどあろうはずもない。

北條の取材を通して面識を得た岸文雄氏は、熊本地裁判決の約一ヵ月後、「もう一つの苦難――ハンセン病訴訟に寄せて」と題して、署名原稿で次のような見識を示している。

先日、私はある療養所にいる知人に電話を入れ、原告団に加わらなかった方たちの話も聞くことができた。なぜ、加わらなかったのか。それは、家族との絆《きずな》を断たれ、本名を隠して療養所の片隅で孤独と絶望の日々を送った自分の過去が裁判で暴かれるのではないかといった恐れや、提訴によってかえって不利益を被るのではないかという不安、あるいは長年の閉ざされた生活のなかで、今さらといった諦《あきら》めがあることなど、さまざまな思いが錯綜《さくそう》してのことだったようだ。たとえ国が謝罪しても、社会から隔絶され、人間として生きる権利を奪われた青春の日々は返ってこないのだ。（中略）

国の控訴断念は、元患者の方々にとって大きな転機となることは間違いないだろうし、私にとってもうれしいことだった。しかし、判決を待たずして亡くなられた多くの方々の苦難を思えば、手放しで喜ぶことはできない。社会復帰を受け入れる側の見識と理解がなければ、差別の解消も、死者の名誉回復もあり得ないからである。

（二〇〇一年六月十二日付『徳島新聞』）

裁判の結果は、元患者の人たちのみならず、社会全体にとっても「大きな転機となることは間違いない」が、それは決して到達点ではない。私は、あくまで一人ひとりのかけがえのない個人としての生と死に、いま一度立ち返りたいと強く思った。

草いきれでむせかえる無言館から信濃デッサン館への道は、鳥の啼き声ひとつなく、夏陽が降り注いでひたすら明るかった。初夏の無音の明るさは、何ものにもまして淋しい。信濃デッサン館に辿り着くと、その正面には、塩田平の芳醇な光景がゴッホの絵のように拡がっていた。

信濃デッサン館で出合った作品たちは、初めて観るものであっても、皆一様に、私に懐かしい思いを抱かせた。たとえば関根正二の作品たちに、私は、彼の郷里の福島県立美術館で何度出合ったことだろうか。村山槐多や松本竣介らも同様で、私はこれまでにも強い憧れをもって彼らの作品に接してきたのだ。いずれもいわゆる夭折の天才画家たちで、館長の窪島誠一郎が記した前掲の文章にあるとおり、皆「肺結核や気管支喘息、食べるものも食べられぬ貧困のドン底でみじかい生涯をとじた」ことが知られている。けれども、彼らの作品が語りかけてくる言葉には、無言館で身に迫ってきたような、摘み取られた生の切なさは乏しい。むしろ、彼らが与えられた早過ぎる死によって、何倍も密度濃くあらねばならなかった青春の、いまもむせ返るような息吹を感じる。

無言館の内部は、氷室のように冷えびえとしていたが、信濃デッサン館では、何かがさかんに発酵しているときのような、生々しい熱気を感じた。そこにはテレピン油と若い体臭、そして微かな血液とクレゾールが臭うような気がした。そして、少し離れた林の中に建つ別館、「槐多庵」の展示室に、間断なく柱時計の音が響くのを聞いて、彼らの青春はいまもそこに、時間を超えて息づいていることを確かに思った。

槐多や正二もまた、貧困と病苦のうちに二十二歳、二十歳という若さでこの世を去った画家だが（二人とも結核死）、それは烈しく狂おしく画道を追求して生きたすえに、いわばその熱烈な画業とひきかえにあたえられた宿命的な「死」であり、いいかえれば画家としての、ほとんど必然的にあたえられた「科せられた死」であった。だが、戦没画学生の場合はちがう。かれらは画家への道にうちこんでいた美校時代に、好むと好まざるとにかかわらず出征を余儀なくされ、その結果還ってこられなかった画学生であった。はっきりいえることは、槐多、正二の「科せられた死」に対して、画学生たちのその死はあの戦争という暴力によってムリヤリ強いられた不本意な死、つまりは「強いられた死」だったということだ。

（窪島誠一郎『無言館ノオト』）

無言館で観た佐久間修の裸婦は、未完成であるが故に切ない。それは、不本意な死を強いられた佐久間に、遂に〝完成〟を実現させてやれなかった憾みが残るからである。一方、信濃デッサン館の夭折画家たちの作品は、未完成であるが故にいまも青春をたぎらせ、発酵を続けている。未完成の段階のまま筆が止められているので、永遠に完成を拒否しながら生き続ける、いわば未完の〝いのち〟が与えられているとみるべきだろう。

私は信濃デッサン館を後に、隣接する前山寺の参道を進んだ。前山寺の室町末の三重塔は、俗に〝未完の完成塔〟と呼ばれている。それは、その塔の二重と三重に本来あるべき廻り縁が見られないため、通常は完成形とは考えられないにもかかわらず、作品としては完成を感じさせるので、そのように呼ばれるらしい。それは小塔だが無駄がなく、実に気持ちのいい古建築だった。むろんこの塔の未完は、結果的にではあったかもしれないが、「科せられた死」によってもたらされたものに相違ない。

私はそのまま山際につけられた歩道を行き、塩田北条氏三代の菩提寺で、狩野の流れをくむ六曲一双の屏風を伝える龍光院や、二層楼閣造の社殿が珍しい塩野神社を経て、中禅寺まで足をのばした。中禅寺では、いかにも中世の古様が見られる薬師堂や、その前に放り出されたように建つ仁王門に安置された、平安末から鎌倉初期の造立と考えられる阿吽二体の木造金剛力士像を観たが、そのどれもが、どこか一筆足りないような、それでいてもうこれ以上の造形を拒否する、〝未完の完成〟を感じさせたのは不思議だった。

北條は生前、自らの文学が、いわば戦没画学生のような「強いられた死」によって生みだされたと評されることを極度に嫌悪した。私は、四年ほど前から彼の〝いのち〟の旅路を辿ってきたいまの地点に立って、北條の文学は断然「科せられた死」の結果生み出された、必然の所産であったことに疑いを持たない。しかし、彼の場合いささか事情を異にするのは、彼自身が「科せられた死」を自覚することから、その文学が出発しているということである。ある意味で、北條の文学的真骨頂は、「強いられた死」を「科せられた死」へと変質させたところにあったのではないかという気もしている。

私が中禅寺を出る頃には、そろそろ暮色が迫りつつあった。バスはとうになくなり、タクシーを呼ぶこともできそうになかった。いまさら戻るに戻れないし、進むべき道は一つしかない。結局、私は別所線の舞田という無人駅まで、何キロかの道のりを歩く覚悟をした。驚いたことに、信濃デッサン館の前から広々と眺めた塩田平の光景は、やはりゴッホさながらに延々と続く麦畑だったのだ。夕日を受け、山の端まで充たされた麦秋は、いつまでも途切れることはなかった。無人駅への道は紛れもない一本道で、進路を間違えようもなかったが、麦畑が連なる塩田平の夕暮れは、何度も私に進行を逡巡させた。

その光芒の彼方、いまから六十七年前のあの日、武蔵野の、やはり麦畑のただなかに続く野道を、北條とその父が陰を引きずりながらぽくぽくと歩いていく姿を、いつしか追い求めていた。

Ⅱ．土地に刻まれしもの

化政期のトポロジスト斎藤鶴磯は、『武蔵野話』のなかで、次のように記している。

北秋津村とところさは村の東十四五丁の鎮守を日月大明神と称す。いたりての小祠《こやしろ》なれどもその神木と称するは槻の大木にて三丈余もまはれり。二丈も上に枝あり、其枝のまたに寄木《やどり》の榎大木にして枝葉四方へはびこれり。世にめづらしき古木なり。此木のやうすにては実に古村なるべし。この祠の東北に農家あり、其辺に城地のおもむきあれども何人の城地なるやしれず。此村の南東に流るゝは簗瀬川なり。その川を隔て向ふに南秋津村あり、同村にして多麻郡に属せり。

（斎藤鶴磯『武蔵野話』）

この記述だけでは、秋津がいかなる縁を秘めた土地か窺い知れないが、近接する、新田開発によって生まれた、近世の村落でないことは明らかである。北秋津村は入間郡の章に記載があり、柳瀬（簗瀬）川が、入間、多摩（多麻）両郡の境を成していたようだ。

日月大明神東北の城地の主であるか否か、かつての北秋津村には、「無理殿様」という民話が伝えられている。

むかしこの辺りには、無理なことを言っては村人を困らせてばかりいる、殿様がいた。ある晴れた秋の日、散歩に出た殿様は、そこかしこに飛ぶトンボを捕ることを、家来に命じた。「余の齢の数だけ」。相変わらずの無理難題と思ったが、家来は主命に逆らうわけにいかない。そこで、小半時必死になってトンボを追い回したが、殿様の齢には、どうしてもトンボが一匹足りなかった。他のトンボは、柳瀬川の向こう岸に、みな逃げていってしまったのだ。怒った殿様は、日月大明神の祠に向かって、「神力をもって、このトンボを他の木にして見せよ。さすれば、余は、二度と無理は言わぬであろう。できなければ、祠は取り壊す」と告げ、トンボを一握りにして、ご神木の欅に投げつけたという。すると、不思議なことに欅の木のまたから榎が生え、殿様は、二度と口が利けなくなってしまった……。

『武蔵野話』の槻は欅のことだから、「世にめづらしき古木」の由来を伝える民話であろう。

それにしても、「無理殿様」がいたとされるのが北秋津村で、トンボが逃げていったのが、柳瀬川の対岸の南秋津村だというのが面白い。あきづ（秋津）は、トンボの古名なのだから。因みに日月大明神の欅は、いまも代を重ね、ご神木として残されている。

柳瀬川の穏やかな流れと、トンボが群れ飛ぶ果てしない草の原。この景観が、「入間郡に残れる、武蔵野の原風景であったかも知れない。かつて北秋津村、南秋津村と呼ばれていた所沢市北秋津、東村山市秋津町、青葉町の辺りは、いま、都市近郊の野菜畑や住宅地が点綴する比較的凡庸な風景を見せているが、それでもふと、大きく息をつきたくなるような、開放感が漂うのは何故だろうか。

開かれた秋津の風景の西を限るものは、武蔵武士の一党が拠った村山郷を擁する、狭山丘陵である。そこは古来、

五月暗狭山が峰にともす火は雲の絶間の星かとぞ見る　　修理太夫顕季

というような鬱蒼とした林に覆われていて、草の原の秋津とは対照を成していた。その地理的パースペクティヴは、一三三三（元弘三）年、鎌倉の北条高時軍と対峙する新田義貞の布陣地となり、さらに遡っては、平将門布陣地との伝承も残されている。

概して、狭山の樹叢や湧水などの風土は、中世武蔵野の最重要地と見なされていたから、この丘陵が武蔵野台地の中に沈む東麓の久米川には、鎌倉街道の宿が開かれ、関所が置かれたのであ

ろう。野口の金剛山正福寺に、中世文化の輝かしい記念碑ともいうべき、唐様の千体地蔵堂が遺されているのも、このような所以による。

私は、正福寺を訪ねるときはいつも、千体地蔵堂の破綻のない構成美に見惚れたものだ。正面から左、右へと視座を移動しながら、堂宇の周りを巡って、屋根の反り返る曲線や、棰《たるき》の角度の変化などを楽しむのである。その厳粛な気品は、中世という時代を覆っていた精神を、象徴するものに相違ない。

古代律令制下においても、この地域が、武蔵国の中で一定の重要な位置を占めていたことが推測される。枕草子にもその名の見える、狭山の堀兼の井が、

むさし野《の》の堀兼《ほりがね》の井もある物を嬉《うれ》しく水の近《ちか》づきにけり

（藤原俊成『千載集』）

のような歌枕を提供したことはともかく、前出『武蔵野話』久米川村の項で、

続日本後紀に、嘉祥十年五月丁酉多麻入間両郡の界に悲田処を置《おき》、屋《いへ》五宇を建て民の病苦を救はせられし事あり、其悲田処の旧地いづれの所《ところ》なるや其地しれず。

（斎藤鶴磯『武蔵野話』）

とあるのは、この地が古代より開かれていたことを裏付けるものだろう。出典の『続日本後紀』に、

介従五位下当宗宿弥家主以下。少目従七位上大丘秋主已六箇人。各割公廨以備糊口之資須附張出挙。以其息利充用。相承受領。輪転不断許之。

（『続日本後紀』）

と記されているように、悲田処は国府の役人が私財を費やし、運営を朝廷に願い出て、設けられたものだった。悲田処は、武蔵国以外ではほとんど設けられておらず、あまつさえ、官吏が自らの俸給を割いて、それを設置したことは特筆される。そして、『武蔵野話』前掲箇所に続く記述、

按ずるに久米川村は多麻郡にして入間郡に隣《となれ》り、いづれの比《ころ》よりか帳里《ちやうり》穢多《ゑた》の住居する地あり。是悲田処の遺跡《あと》ならずや。京師《みやこ》の悲田寺も素《もと》病人を療養の為建置せ給ひし官舎なれども兵乱のために官舎灰燼となり、病平癒の者は立さり足腰立ざるもの或は癩疾《びやう》の者のみ残居て後世穢多非人のすみかとなり、悲田寺の官舎の名のこりて地名のごとくなり、今は帳里《ゑた》非人の事を悲田寺と心得る事となりぬ。これを以て見れば久米川村の帳里非人の今居る所悲田処の跡なるべし。

（斎藤鶴磯『武蔵野話』）

は斎藤鶴磯の謬見としても、同地のマージナルな性格を考えるうえでは、注目される。悲田処跡と推定される場所は、所沢市久米竹ノ花や、東村山市西宿などが、その候補地として挙げられているようだ。

悲田処跡の所沢市の比定地は、現在、住所が松が丘に変わっている。所沢駅の西口から「西武松が丘」行きバスの路線には、なんと「悲田処跡」という停留所まである。旧鎌倉街道を行く、この路線のバス停の名はなかなか面白くて、一三三三（元弘三）年に新田義貞の軍勢が勢揃いしたことに由来するという、柳瀬川に架かる「勢揃橋」を過ぎると、水鳥が遊ぶ小さな調整池の脇を通り、狭山が峰と呼ばれた狭山丘陵の山裾に沿って、義貞の布陣地といわれる八国山の「将軍塚」、そして「悲田処跡」へと進んでいく。

「悲田処跡」の辺りは、すっかり宅地になってその変貌は著しいが、バス通りから少し柳瀬川の方へ下った辺りは、かつての村里の雰囲気も、ほのかに残っている。そこで、畑仕事をしていたお年寄りに道を訊ねると、

「そっくり造成しちゃったからねえ。いまは、道を上がったところに〝棒っくい〟があるきりだねえ」

とのことだった。その〝棒っくい〟は、「悲田処跡公園」という児童遊園の中にあって、「武蔵国悲田処跡」とのみ記されている。周囲の住宅地は、まるで高原の別荘地のような瀟洒な佇まいである。悲田処とはまったく似つかわしくないが、ここはもう、狭山丘陵の山懐なのだ。雑木林の香りに武蔵野の情緒を楽しむには、格好の散歩道であった。

ところで、一三三五(建武二)年の古文書には、久米川宿に、当時関所の警備と情報収集に当たった人々がいた、との記述が見られるが、被差別者とされた彼らは、後年、そこに白山社を祀ったことが知られている。彼らはもともとキヨメと呼ばれた人々の裔で、辺りは精進場と呼ばれ、刑吏がそこで身を清めたともいう。

野火止は、古来、よく知られた武蔵野の歌枕であった。

俳人、横井也有は、一七四〇(元文五)年に成った『鶉衣』の武蔵野紀行に、

又の日野火留といふ所を尋ね侍り。こゝは伊勢物語にけふはなやきそとよみし跡なれば、里の名もかくよび侍るとか。業平塚とてさびしきしるし今も残れり。歌のこゝろをしらば、枯草に吸ひがらな捨てそとたはむれて、

こもるかと問へば枯野のきりぐ〳〵す　（横井也有『鶉衣』）

と記している。因みに、業平の詠は、

武蔵野はけふはな焼きそ若草のつまもこもれり我もこもれり　（『伊勢物語』）

である。

徳川三代将軍家光の臣下中、後世とくに人口に膾炙した人に、「智恵伊豆」と呼ばれた松平信綱がいるが、彼が安堵された旧領は、武蔵国岩槻であった。一六三九（寛永十六）年、信綱は川越に転封されるが、領内野火止の付近は水の利が悪く、その開拓に難渋した。

信綱は、玉川上水開削にも功績のあった治水家の家臣、安松金右衛門に命じ、小川で玉川上水から分流し、引又（志木）で新河岸川に落ちる、野火止用水を開いた。野火止には、関東における臨済屈指の禅道場金鳳山平林寺があり、三万坪といわれる広大な境内の雑木林は、いまもよく武蔵野の面影をとどめ、也有の記す、業平塚と伝えられる故地も残されている。この寺に、信綱も安松も眠っているのだ。

平林寺という寺は、もちろん原始そのままではないが、自然の滋味を直接伝える広大な雑木林に包まれた境内に、建物が、ほんの僅かしかないのがいい。平林寺は、その堂宇の並びのみを見て、文化遺産と考えてはいけない。自然と思える境内の雑木林には、実は不断に人手が加わっており、独歩が、「美といわんより寧ろ詩趣といいたい」といったものが、そこにはある。

私は、萌える若葉の午後、静かに晴れた黄葉の夕方、樹林の根方の熊笹にうっすらと雪の積もった朝など、さまざまに変化を見せるこの寺の情景を求めて、これまで何度もそこを訪ねたものだ。信綱や安松の墓のすぐ側には、木漏れ日のなかに、野火止用水の跡がひと筋走っていた。

因みに、平林寺は、一三七五（天授元）年、太田道灌の父、道真が、岩槻金重村に建立した寺院であったが、信綱が川越に転じたおり、新田開発に携わる農民の精神的支柱とすることを企図して、現在地に移されたのである。東久留米の神護山浄牧院は、後北条一族と縁の深い寺で、江戸開府の後もしばらく、旧勢力がこの寺に拠って農民を支配したと伝えられるので、これを牽制する意図も働いていたのかも知れない。

小川で玉川上水から分かれた野火止用水は、現在の西武新宿線久米川駅のすぐ近くで線路を越え、東村山市恩田町を東に流れている。ここで用水を渡る万年橋の欅の古木は、この土地の幾星霜を見つめてきた村の依代のように、いまも空を圧している。

万年橋は、欅の側の人工の小橋の名ではなくて、欅そのものなのである。野火止用水開削後、土手の欅が逞しく根を伸ばし、それが対岸に達したことからの謂いである。生きている橋なら、万年でも朽ちることはないだろうと。

ところで、「恩多」の字は明治以降の当て字で、かつては「大岱」と書いた。岱は、「ぬた」あるいは「にた」と読む。それはすなわち、「沼地」「湿田」の意であろうか。旧大岱村の農民は、八代将軍吉宗の奨励に従い、茫々たる原野に大沼田新田を開拓したことが知られている。

往昔、所沢街道が南秋津の村落にかかる辺りは、大岱原（おんたっぱら）といわれ、所沢や田無からも望まれるほどの松や杉の森が、鬱蒼と覆っていた。江戸街道とも呼ばれた所沢街道と志木街道が交わるところは、交通の要でもあるだけに追い剝ぎが頻々と出没し、狐に化かされたという噂もしばしばで、そうした環境が、ハンセン病患者を肉親や社会から隔離するのに、ふさわしい場所とされた理由でもあったという。東京市西方八里一五丁、所沢東南約一里の、東京府北多摩郡東村山村大字南秋津字開発地内林野三万六千坪というのが、その場所である（多磨全生園患者自治会編『倶会一処』）。

国立療養所多磨全生園の前身は、一九〇九（明治四十二）年、この大岱原に開かれた第一区連合府県立全生病院であった。第一区は、東京府、神奈川県、千葉県、埼玉県、茨城県、群馬県、栃木県、愛知県、静岡県、山梨県、長野県、新潟県の一府十一県を、連合区域としたものである。全生病院の設立は、一九〇七（明治四十）年の法律第十一号で成立した「癩予防ニ関スル件」、「癩予防ニ関スル施行細則」、「癩患者療養所設置区域ニ関スル件」、そして「癩予防ニ関スル法律ニ依ル国庫補助ノ件」などの内務省令、勅令によって企図されたものだったが、それは後に、「療養所敷地反対騒擾事件」と呼ばれる、地元反対農民との間の流血の事態をも惹起した。

全生病院の敷地は、その候補地を転々とした後、一九〇九（明治四十二）年、南秋津の大岱原の現在地が予定地として選定された。予定地に隣接する野行《やこう》の住民は、同年二月、「病毒が村民に伝染し、耕作物の価格は低落して一村衰微の原因になる」として、反対の声を挙げた。ところが、これを受けた東村山村の立川伊兵衛村長は、「敷地は府庁と所有者が直接の交渉によって売買され、変更の余地がないうえ、これを村会も可決している」として、住民の声をあっさりと拒絶してしまった。

これで事態は収束に向かうかに思われたが、今度は、久留米村大字下里地区の住民と連合する形になり、流れは大きく変わった。というのも、下里は予定地のある東村山とは行政単位を異にするとはいえ、野行と同じく、ちょうど予定地を挟んで隣接したところに位置する村落で、しかも久留米村は、村議会が、全生病院の建設に反対する決議を行っていたからである。

果たして、野行、下里両地域の住民百数十人は、二月二十七日、立川村長の案内で現地を検分に訪れた、東京府知事代理事務官堀信次内務部長、高橋徳太郎庶務課長、慰廃園代表和田秀豊らの一行を、襲撃したのである。が、所沢署や田無署の警官隊による検挙が始まると、そもそも決起自体が一揆的戦術であったうえに、当事者が自首するなどしたため、運動は、瞬く間に失速してしまった（『倶会一処』）。

　騒擾事件自体の経過はそのようなものであったが、この一連の経過は、その後の日本のハンセン病行政がもたらした多くの問題を、その最初期において、縮図のように示すできごとでもあった。人々の偏見は法と施策――それがハンセン病患者の隔離を必要とする以上、その病毒を療養所近隣の住民が恐れるのも無理はない――によって助長され、十分な理解や検討が加えられぬまま、人々の行動を権力をもって封じ込めてしまったことが、実にその後百年近い人権蹂躙という宿痾となって、患者とその関係者をいたぶり続けたのだ。

　肉親から引き離され、戸籍から抹消され、社会的に葬り去られ、なにより物理的に「隔離収容」され、無断で外出すれば、脱獄囚であるかのように追い回され、院長の検束権のもと理不尽にも院内の監房へ拘禁され、優性保護の名目のもと肉体を切り裂き生殖機能を断たれ（ワゼクトミー）、戦争の時代は、ただささえ険しい日常のなかで、二重三重の差別や収奪に晒されるといったことが、患者本来の病苦にも増して、のしかかっていったのである。もちろん、施策のすべてを否定しない。しかし、その施策の全体は、到底肯首しうる内容ではなかった。

　いまも全生園の南に残る、「望郷台」あるいは「望郷の丘」と呼ばれる築山は、大正の末年に造られた。

厳しい労働で手や足の傷を化膿させ、指や足を切断する者もいたほど心血を注いだ築山づくりも約一年で一応原型はできたが、踏み固めて低くなると、また土を盛り、完成まで、二、三年かかった。入院者たちはかわるがわる築山に登り、四季折々の風景を楽しんだが、人家は木々の間から下里の農家の屋根ひとつが見えるだけだった。しかし所沢街道を久米川や北秋津の農民が、六里さきの新宿へ荷車に農産物を満載して急ぐ提灯の明りが見えることもあった。開院前に、村民が設置に反対して騒擾事件まで起こした理由のひとつに近くにらい病院があっては栽培した農作物が売れなくなるかもしれないからだ——ということを聞いていた入院者たちは、ある感慨をもってゆれる灯を眺めていた。

（多磨全生園患者自治会編『倶会一処』）

「望郷台」から、柊の垣の外を遠くしのぶ人々の、思いはさまざまであったろう。病院といい、療養所とはいっても、その実体は「隔離収容施設」であり、世人からは永らく「お山の監獄」と呼び慣わされ、恐れられた場所なのだ。外の世界にあっては、一人ひとりが個人としての生を生き、家族があり、夢があり、自由を信じていられたものが、ひとたび柊の垣の中に足を踏み入れたそのときから、そのすべてを失った。

ハンセン病患者にとって、もっとも痛苦に堪え得なかったことは、本病の病苦などではなく、それまで個人として生きていた「くらし」と「いのち」を、強制的に全体のなかに没我させられることであったろう。この「お山の監獄」の中では、個人の生を個別に尊重するための名前はいらない。忌まわしい十把一絡の生は、緩慢であろうとも、抹殺されるべきものであった。ワゼクトミーは、たとえ外の世界では非合法であろうとも、抹殺されるべき生にとっては、当然の施策として柊の垣の中では黙認された。

わが国のハンセン氏病対策は病気を治すことに重点をおかず、ユダヤ人にたいするナチのように強制的に収容所へ狩り込み、毒殺案がなかったわけではないが、安上りに生活させ、死ぬのを待って解決したとするやり方であった。

（多磨全生園患者自治会編『倶会一処』）

政治体にとって、癩病は疾病単位ではない。それは、悪しき素質に関係し、血統病を兼ねた感染症なのである。それはまた、行為においては無罪であるが、存在における有罪者であり、同じ国民であるが、国家の野蛮を表象する異質な記号でもあったのである。

（澤野雅樹『癩者の生』）

個人の個別的であるべき「くらし」、そして「いのち」をも圧殺してしまった暴力は、ナチスによるホロコーストを例に挙げるまでもなく、やはり国家による重大犯罪であった。しかもそれが、日本という国が明治以来推し進めてきた、文明開化という金科玉条の枠組みの陰画であったとするならば、その影の歴史は、存分に暴かれねばならないだろう。

今日、聖書に記されるレプラは、白癬や黄癬ないしは乾癬、皮膚結核など一連の皮膚疾患であることが知られるようになり、その正体はハンセン病ではないことが明らかになりつつある（澤野雅樹『癩者の生』）。日本語版の聖書は、旧約、新約ともに、「らい病」の名が「重い皮膚病」に書き換えられている。もとよりハンセン病だけが、その差別の対象とされたという事実は、歴史的に見ても当たらないということであろう。

明治以前の日本にあった、いわゆる「癩者」へのいわれない差別や偏見は、確かに否定はできない。しかし、蕉門十哲の一人であった森川許六が、ハンセン病を身に受けていたとしても、彼の人生のすべてが、決定的に被差別者としての無念を告発しているようには思われない。彼の俳諧文学は絶対的他者のそれではない。そのかみのハンセン病患者への差別や偏見は、少なくとも、社会的な死を意味するような究極的な相へは向かわず、共生のパラダイムを内包するものであった。

近代以降、かつての「癩者」への差別や偏見を、極度に強めながら掘り起こし、それを醜く変質して社会に浸透させていったハンセン病への恐怖は、意図的に、国家がつくりあげた虚像であった。大谷藤郎は、次のように記している。

ハンセン病は、微弱な伝染力の感染症の一つに過ぎないもので、例えば流行性の感冒や肺炎や、ヘルペス、化膿症など、地域にありふれた感染症と同様の一般的の衛生対策をもって行うべきもので、特別に立法までして異を立てた過激な隔離対策をとるのは行き過ぎである。

（大谷藤郎『現代のスティグマ』）

千年余の昔、この「お山の監獄」にほど近い武蔵野に、当時の官吏が自らの俸給を割いて設けたという悲田処と、日本が近代化を進めるなかで、社会的な死を患者に決定づけた今世紀の「隔離収容施設」とでは、その意味はおおいに異なる。澤野は前掲書で、「救済が撲滅と等号で結ばれるような顔の複数性」と記しているが、このような国の重層的両義的な差別構造を確保するための、イデオロギー的支配がもっとも恐ろしいのだ。

しかし、さらに重要なのは、国に欺かれた私たちを含む、ごく普通の人々のもつ体質の問題である。ほんとうに私たちは、なんの疑問も持たずに、こうした巧妙な政策の陥穽にとらわれてしまったのだろうか。実はそれに耳を塞ぎ、目をそむけて、その際だって深刻な課題から逃避してきたのではないか。

戦後のヨーロッパで、絶対的他者としてのアウシュヴィッツがあったようには、日本にはヒロシマさえ成り立たなかった。すでに対話のできぬという意味でも絶対的他者である絶滅キャンプの死者たちと、それでも語ろうとしなければ立ち上がることのできないほど、私を喪失したヨーロッパの苦悩は、むろん世界の苦悩であり、アウシュヴィッツは現代の苦悩の発生源であり続けている。しかし、日本でヒロシマはそのようにあるか。ノーモア・ヒロシマはイギリスの記者によって世界に打電された（昭和二十年九月三日）。この国は、苦悩の底で絶対的他者となった存在、対話の根源的構成要素をつかみそこねた。（中略）

私たちは苦しみ得ない卑怯者なのだ。私たちは苦悩を避け、排除することばかりに心をくだく臆病者なのだ。だからして「苦しむためには才能が要る」（北条民雄）のであり、苦しむ才能によってのみ生きることを決意したものは、らい患者だった、ということだけは忘れまい。戦前の日本にもらい患者という「ユダヤ人」はいたのであり、アウシュヴィッツは日本国内にも存在したのである。

（西井一夫『新編「昭和二十年」東京地図』）

一九三〇（昭和五）年、瀬戸内海に浮かぶ最初の国立癩療養所長島愛生園が開園し、三二（昭和七）年、草津にも同じく国立の栗生楽泉園が開かれた。その後、沖縄の宮古療養所、鹿児島の星塚敬愛園、沖縄の国頭愛楽園、東北新生園などの創設が相次ぎ、ハンセン病患者の「強制収容隔離撲滅」を機軸とする、国のハンセン病対策は一応の完成をみるのである（多磨全生園患者自治会編『倶会一処』）。四一（昭和十六）年には、全生病院も国立に移管され、国立癩療養所多磨全生園と改称された。

アメリカで新薬プロミンが開発され、戦後はハンセン病患者悲願の獲得運動の末これが普及して、ハンセン病は不治の病ではなくなった。病苦からの離脱には明るい光明が射したというのに、治療法確立後の五三（昭和二十八）年、なおも隔離政策を続行する新「らい予防法」が施行され、それが廃止されたのは、実に九六（平成八）年になってからのことだった。

ハンセン病への差別や偏見は、いまもしぶとく残っている。差別の構造を確保するためのイデオロギー的支配の恐ろしさは、その時間的な持続性にあるのだ。これにたいして、二〇一九（令和元）年五月現在の、全国十四ヵ所のハンセン病療養所の在園者数は千二百人余りで、この病気自体は、近未来には日本から姿を消す運命にある。新しい患者がほとんどいなくなった現在、高齢化が進んだ在園者は、療養所でその後遺症のための医療行為を受けているという側面もあるが、長年、社会から引き離されて暮らしてきた彼らを、容易に受け入れてくれるところが外の世界にないという事実は、看過ごすことができない。

かつて、ハンセン病を身に受けた者は、血縁、地縁の絆帯を断たれ、放浪のなかに人生を送ることも少なくなかった。そして、近代の隔離政策の惨い犠牲者たちも、いまなお、帰るところがないのである。その病ゆえに愛児の死をも知らされず、後にそれを聞かされた父の悲しみが滲む、明石海人の歌を引く。

幸うすく生まれて死にてちちのみの父にすらだに諦められつ

全生園はいま、意外なほどのどかな光に包まれて明るい。療養者らの努力で園内の植栽が進み、全体が森のように緑に覆われている。独歩の「武蔵野」のおもかげは今わずかに、全生園に残れるようでもある。春になれば、近隣の人々が花見に訪れ、園内のグラウンドでは草野球の歓声が絶えない。療養中の人に道で行き合えば、微笑を湛えて会釈を返される。

私は、多磨全生園の中にあるハンセン病図書館や、ハンセン病資料館の資料を閲覧するために、何度となくそこに通った。しかし、私がそこに通ったほんとうの理由は、活字を渉猟するためではなく、そこに染みついた、多くの人々の無念の声を聞くためであった。いまは亡き人々の、声なき声を聞くのである。冬は降りしきる雪の彼方から、そしてまた、梅雨の蕭条と降り続く雨や、盛夏の蟬時雨に身を任せ、秋は病葉を踏みしめながら、私は声なき声が届く、そのときを待った。

その土地に刻まれしものとともに彼らのたましいはそこにあり、その肉体は、武蔵野の土に還ったのだから。

Ⅲ. 吹雪と細雨

昼過ぎから、雪になった。
清瀬の駅を降りた頃には、かなりの降りになっていたが、私は、予定通り久米川行きのバスに乗り、ハンセン病資料館に向かった。資料室で調べものをしていると、広いガラス窓の外、樹間に納骨堂の建物が覗く辺りの景色は、見る間に白く覆われていった。いま、雪が、全生園に降り積もっているのだ。

異常な緊張した空気が病室を流れた。坊主が慌しく廊下を駈け出して行くと、坂下は産室の方へ飛んで行つた。病人たちは寝台の上に坐つて生れるのを待つた。急に水をうつたやうに病室全体がしんと静まつた。地響きをうつて雪の落ちる音が聴えて来る。吹雪はまだやまない。矢内の顔を見ると、彼もまた私の方に衰へ切つた視線を投げた。視線が、かつちりと合ふと、彼の骸骨のやうな面《おもて》に微かな喜びの色が見えた。

「矢内、生れるよ。」

と私は力をこめて言つた。彼はちよつと瞼を伏せるやうにして、また大きく見開くと、

「うまれる、ねえ。」

とかすかに言つた。今にも呼吸のと絶えさうな力の無い声であつたが、その内部に潜まつてゐる無量の感懐は力強いまでに私の胸に迫つた。死んで行く彼のいのちが、生れ出ようともがいてゐる新しいいのちにむかつて放電する火花が、その刹那私にもはつきりと感じられた。

「いのちは、ねえ、いのちにつながつてゐるんだ、よ。のむら君。」

と彼はまた言つた。（中略）

あくる日の午後、矢内は死んだ。空は晴れわたつて青い湖のやうであつた。降り積つた雪の中を、屍体は安置室に運ばれて行つた。屋根の雪がどたどたと塊つて地上に落ちた。産室からは勇ましく泣声が聴えて来る。私はその声に矢内の声を聴き、すると急にぼろぼろと涙が出た。喜びか悲しみか自分でも判らなかつた。白い雲が悠々と流れてゐる。


（「吹雪の産声」）

北條民雄は、一九三三（昭和八）年、十八歳のときにハンセン病の発病を宣告され、翌三四（昭和九）年の五月、全生病院に入院した。

北條は、それ以前から、同人誌などに若干の小品を発表したことはあったが、小説家としての本格的な文壇デビューは、三五（昭和十）年十月、「間木老人」が『文學界』十一月号に掲載されたときで、以来三七（昭和十二）年十二月五日、腸結核と肺結核で二十三歳三ヵ月足らずの短い生涯を閉じるまで、わずか二年にも満たない間に、数篇の作品を残した。それは、肉体的にも精神的にも、ぎりぎりの状態のなかで産み出された作品群で、ハンセン病療養所、北條の作品中に現れる言葉を借りれば、その当時の「癩院」という、外界との隔絶を余儀なくされた環境のなかでの仕事という意味でも特異であり、発表当時、そのことが文壇を超えて、一般社会にも衝撃を与えたようである。

作品そのものよりも、それが産み出された環境が特異であるというとらえられ方は、その後も、この作家の評価に大きな影を投げかけ続けたし、生前の北條自身が、もっとも堪え得なかった点でもある。

癩文学というものがあるかないか私は知らぬが、しかしよしんば癩文学というものがあるものとしても、私はそのようなものは書きたいとは思わない。私にとって文学はただ一つしかないものである。癩文学、肺文学、プロ文学、ブル文学など、或は行動主義、浪漫主義など、文学の名目は色々と多いようであるが、しかし文学そのものが一つ以上あるとはどうしても思われぬ。文学が手段化した時に文学はもう堕落の一歩を踏み出しているのだ。詩と散文とを区別することすら、私はなんとなく不自然を感じてならぬ。

（「覚え書」）

二十歳の作家の潔癖さ、矜持が感じられる文学宣言だが、何より吹雪のなかでの産みの苦しみは、北條自身の文学的懊悩であって、それをハンセン病療養所での生活の苦悩や、いわんや、病気の痛苦とのみ解されることには、歯がみする思いであったのだろう。

それでも北條はひたすらに、ハンセン病をモティーフとした作品を、創り続けた。何故なら、彼にとってハンセン病が、もっとも実のあるテーマであり、そのときの彼の文学を示すための手段として、最良であったから、である。表現者としての北條は、ハンセン病は手段であって、文学は決して手段ではないと、声を大にして言いたかった。

しかし、あらゆるステージにおいて、作家がその人の生と、まったく無関係に作品を創り出すということはあり得まいし、本来、文学者こそは、彼の文学自体を生きた人であったにはちがいないのだ。作家が血の滲む思いで産み出した作品を、作家が生きる背景の、特異性をもってのみ評価されるのは辛いことだろう。しかし、評者が、その両者を切り離して論じることも、また、不自然であろう。とくに、北條という作家においては、両者の不可分の関係が際だっていることは、疑いを容れないのだ。

もっとも、患者自らが、自覚的にハンセン病をモティーフとして産み出した文学自体、特異ではあった。能の「弱法師《よろぼうし》」で知られる俊徳丸《しゅんとくまる》が、人形浄瑠璃の「摂州合邦辻《せっしゅうがっぽうがつじ》」のなかでは、毒酒のためにハンセン病者となったように、それまでは、仏教的背景を持つ説話文学などで、病者の補集合としての他者が、ハンセン病を罪業に結びつけて説明してきたことが、歴史の堆積のなかで、この病気に対するいわれなき差別を醸成してきた。それは業病であり、天刑病であるとする惨い認識を当然としてきた人々の、さまざまな差別、偏見のなかを、患者は険しく生きてきたのである。

北條が文壇に現れる直前、自覚的にハンセン病をモティーフとした作品として、島木健作の「癩」が発表されたことは、むしろ非常な例外であった。それとても、島木の視座は、言うまでもなくハンセン病の外にある。しかも、その扱いは、獄中の思想犯の心理を伏線的に浮かび上がらせるためのモティーフであって、北條の文学におけるハンセン病とは、単純に比較できない。「癩」のなかで、ハンセン病の診断を受けた後も、思想的信条がいささかも揺るがない、登場人物の岡田の姿は、北條にとってはやはり甘すぎた。

あの作中のレプラ患者の状《さま》なぞ、もう自分には日常的な出来事に過ぎぬ。が、僕の鈍感にのみ、この迫真性の欠如が帰されないとしたならば、それはこの作者の失敗であろう。思想上の苦悩を描くに苦しみ抜いた作者が、それに捉われ過ぎたため、現実的な肉づけが出来なかったのだろう。

（二五年六月七日の日記）

北條は、「癩」が含まれた島木の作品集『獄』に感心しながらも、やはり自身が、いま感得しつつあるリアリティと比較しての本音を、日記に書かずにいられなかったのだろう。ただ、いまは失われて幻となってしまった、「監房の手記」という北條の作品を読んだ川端康成が、「社会運動に携わってゐた青年が癩院に入つて、全く四肢を切断し今はもう腐りゆく胴だけの身で死を待ちながら、尚あくまでも理想を信じてやまぬものであつた。このやうに強い肯定は遂に他の作には見られなかつた」と述懐しているのは、注目される。「強い肯定」を具現する青年が、「癩」のなかの、岡田の姿に近いものを感じさせるからである。言うまでもなく、監房とは、かつてのハンセン病療養所のなかに設けられていた、「獄」であった。

当の島木健作は、昭和五十五年版『定本 北條民雄全集』の付録に、

……私は彼の文学を、癩文学の名で呼ぶことには賛成しない。癩はこの天才の発現のため

の啓示の如きものであった。彼の文学が、人間と人生に広く相渉り得なかったのはもとよりとするも、それは人間と人生の核心にまで深く深く徹したのであった。彼の文学は絶望の文学なるが故にこそ光明の文学なのである。そしてそれ故にこそ稀有《けう》なのである。多くの光明の文学が人生を照らす光明は時に光うすれて見ゆるでもあろう。その時にこの絶望の文学からの光明はひとり愈《いよいよ》輝くのである。

という推薦の辞を寄せている。北條にとっての病を、「啓示の如きもの」とする見方は、同じくハンセン病を生きた歌人、明石海人の、

癩は天刑である。

加はる笞《しもと》の一つ一つに、嗚咽し慟哭しあるひは呻吟しながら、私は苦患の闇をかき捜つて一縷の光を渇き求めた。

——深海に生きる魚族のやうに、自らが燃えなければ何処にも光はない——さう感じ得たのは病がすでに膏肓に入つてからであつた。

齢三十を超えて短歌を学び、あらためて己れを見、人を見、山川草木を見るに及んで、己が棲む大地の如何に美しく、また厳しいかを身をもつて感じ、積年の苦渋をその一首一首に

放射して時には流涕し時には抃舞しながら、肉身に生きる己れを祝福した。

人の世を脱れて人の世を知り、骨肉と離れて愛を信じ、明を失つては内にひらく青山白雲をも見た。

癩はまた天啓でもあった。

（明石海人『白描』）

という壮烈な一節を想起させるものだが、この激賞に北條が満足しないわけはなく、評者が島木であってみれば、地下でどんなにか苦笑したことであろう。

ところで、北條は何故か雪に縁が深かった。

一九三六（昭和十一）年の二月、北條の文壇的評価を確かなものにした、「いのちの初夜」が「文學界賞」受賞のとき、彼は、その知らせを雪の日に聞いた。川端康成からの来信である。

御手紙ありがとう御座いました。それから新聞の切抜も。

ちょうど大雪で、南の国に生れた僕は一尺近くも積った雪は見たことありませんでしたので、洋服一つで頭から頭布を被《かぶ》って例の小説に出て来る果樹園や林の中を友人二人と共に駈け廻り、颯爽《さっそう》（？）と舎へ帰って来たところへ先生のお手紙でした。

（三六年一月二十七日付　北條から川端康成宛書簡）

人一倍自尊心が強く、自らの文学的才能にそれなりの自信を持っていた北條は、川端康成の推挽を得て、作品を発表する機会を持ったのであるが、なお、文壇での評価については、不安と期待がないまぜになって、落ち着かない日々を送っていたのである。「文學界賞」受賞は、青天ならぬ、雪天の霹靂であった。

北條の若さを思えば当然のことだが、まるきり少年の純情さと、当時文壇にあって求心力を強めていた作家に認められた喜びに打ち震えながら、恐懼している様子が感じられる、彼の川端への書簡が何通か残されている。

実際、北條は川端に深く私淑していて、三五（昭和十）年の春には、病院を外出し、上野桜木町の、当時の川端宅周辺を彷徨した形跡がある。因みに、川端はちょうど「雪国」の分載を行っていた頃で、芥川賞の銓衡委員を務めていた。二人の文通は、三四（昭和九）年八月、北條から、自身の作品を見てもらえないかと申し出て始まったものだったが、北條は、その後一切の作品の扱いを川端に委ね、その関係は、北條が死ぬときまで変わらなかった。今日、北條の作品を私たちが目にすることができるのは、かかって川端の存在なくしてはあり得ないのである。

自身の作品が、文壇的な成功を収めたことを知った北條は、三六（昭和十一）年の二月上旬、垣根を越えて病院を抜け出し、『文學界』の編集者だった式場俊三を訪ねている。そして、北條は銀座の資生堂で、横光利一、河上徹太郎と会うことになるのだが、この夜も大雪であった。雪のために全生病院に帰れなくなった北條は、式場の部屋に泊まり、翌日、生涯一度だけ、師の川端康成と鎌倉で会った。それは、川端が上野桜木町から転居した浄明寺宅間谷の自宅ではなく、北條に同行した編集者の伊藤近三が電話をして、鎌倉駅前の蕎麦屋、川古江家の二階で会ったのである。

余談だが、この年の同月二十六日、大雪の帝都で二・二六事件が発生したことは、つとによく知られている。この年は、東京に雪が多かったのかもしれない。光岡良二『いのちの火影』が、そのことを気づかせてくれた。雪の日の邂逅については、後章で改めて触れる。

北條の懊悩を、吹雪のなかに立ちすくむ孤高の精神にたとえると、それは、彼自身、臨界点すれすれのところで敢行しようとする、いのちの再生の儀式のようなものであったかもしれない。前述の「吹雪の産声」では、吹雪の夜、まさに死を目前にした矢内が、新しく生まれようとするいのちに、自身の再生を託そうとする。そして、すっかり荒天が収まり、「空は晴れわたつて青い湖のやう」な翌日の午後、矢内の屍体は安置室に運ばれ、産室からは新しいいのちを得た赤子の泣き声が、勇ましく聞こえてくるのである。

当時ハンセン病を得て、ハンセン病療養所に終の住処を見いだした人々は、まず何より、その環境に順応することが大切であった。ハンセン病の病勢は、急激であろうと、意外な緩慢さが訪れようとも、決して停止することはなかった。

北條を恐怖させたのも、もちろんその厳然たる宿命であったはずだ。ハンセン病療養所には、医師などを除いて、基本的には患者しかいない。外界との接触も、まずほとんど断たれていた。患者たちは、そこに閉塞感や疎外感を感じないよう、でき得る限りの努力をしたはずだ。その当時のハンセン病患者は、画期的な治療法の開発を常に期待しながらも、一方では完治を望むべくもなく、ただ、その病勢が停滞してくれることのみを念じていた。だから、自身の宿命に慣れるため、ささやかでも精神的に豊かな暮らしを求め、その実反対に、精神を鈍化させるように、日々を生きていたのではなかろうか。

癩患者にも趣味というものはある。いや、どこよりも癩院は趣味の尊ばれる所かも知れない。一番多くの人がやるのは投書趣味であろう。彼等はこれを「文芸」と称しているが、俳句などは文字通り猫も杓子もという有様で、不自由舎などでは朝から晩まで、字を一字も知らない盲人が「睡蓮や……睡蓮や……」と考え込んでいたりする。

（「癩院記録」）

北條のシニカルな観察がそこにあるが、実際には、そうした患者たちの感覚とはほど遠い自らを、苦しく自省しているのである。平野謙は、「氏の前に横たはる時間はあきらめに対する不断の格闘にほかならなかつた」（『現代作家論』）と記すが、北條はハンセン病院の世界に慣れきるという戦い――北條にとっては甚だ勝算がなかったが――のなかに身を置くことによって、精神的平衡を、辛くも繋ぎ留めていたのかも知れなかった。

栗原輝男は、全生園の精神科医長だった中川善資氏の言葉を、次のように紹介している。

同じ病といっても、癌などの場合、死に対する恐怖もありますが、逆に、死に対して無頓着だった人が生を自覚し、生に執着するようになることもあります。

ところが、このハンセン病の場合、差別だとか偏見だとか、そういうソーシャルなことは一応括弧でくくっておいて、その人個人に立ち返ったとき、病とその人とのかかわりはかなり違った面をもっていると思われます。

今は違いますが、特効薬のなかった時代、ハンセン病患者が恐れたのは、自分もいずれ周囲の末期の状態の人のようになってしまうのではないか、ということでした。特に若く多感な人にとっては、この恐怖は想像を絶する程のものだったと思います。自分も最終的にはそのようになってしまうというゴールが、人物として具体的に存在しているわけですから……。

（中略）

たとえば、外傷か何かで失明した人、障害を受けた人などの場合、失明や障害は突然に予期せぬ出来事として起こり、ショック期があって、それから立ち直っていくという経過をたどる。しかし、ハンセン病の場合、さまざまな症状が予定されたこととして、日々刻々と末期の状態に近づいていくという、長いタイム・スパン（期間）がある。これに耐えている、これを恐れているということは大変なことなのです。言葉を換えれば、長い年月をかけて末期の状態まで行くのだということなのですね。

ですから、視覚の障害について言えば、先天性の失明の人とも、突然失明した人ともちがい、〝約束された終末状況〟というものを身の回りに見て知っているわけです。たとえて言うなら、真綿で首を締められる恐ろしさということになるでしょうか。

（栗原輝男『生くる日の限り　明石海人の人と生涯』）

「弱法師」俊徳丸が盲目の乞食僧であったように、患者は、いずれ視力を失うことが宿命であったが、北條にとっては、そのときに文学の道を閉ざされることを恐れる告白が、彼の日記の随所に見られる。しかし、これは逆説的に理性的な表現であって、むしろ、視力をも含めて、肉体の各所にひたひたと及ぶ病勢の名状しがたい恐怖を、「文学の道」という言葉に仮託して、吐露したものであろう。もちろん、どのような患者も、多かれ少なかれこの恐怖と戦っていたことは事実なのだが、北條はとりわけ、その感覚に真正面から立ち向かわねばならなかった。

もう大分前のことだったが、私はこういう文字を読んだことがある。「癩者の復活など信じられないし――（寧《むし》ろ死が希《のぞ》ましい場合もある）――不健康な現実への無責任な拝跪《はいき》等、末期以外には感じられない。生というものは大体不健康な部分に対して仮借なく、審判し排除する物である。」

これを読んだあと、数日は夜も睡ることが出来なかった。この無慈悲な言葉が、私にはどうにも真実と思われたからである。しかし今はこんな言葉は信用しない。死が美しく希《のぞ》ましい場合など一つだってありはしないのである。私はまた理屈が言いたくなったようだが、それはやめにしよう。しかしただひとつだけ言いたいのは、癩者の世界は少しも不健康ではないということである。これだけの肉体的苦痛、それを背負って、しかも狂いもせず生きているということは、それだけでも健康、何ものにも勝って健康である証拠ではないか！　肉体的不健康など問題ではない。また右の言葉を吐いた人も、肉体上の不健康などを問題にするほど頭の下等な人ではないことを信じている。ドストエフスキーは癲癇《てんかん》と痔と肺病をもっていたのである。

（「眼帯記」）

肉体が蝕まれようとも、精神は健康でありたい。いや、むしろ肉体的不健康とは関わりなく、精神的健康を信じたいという北條の願望は、たとえば、彼が日記のなかで、シャルル・ルイ・フィリップの、「ビュビュ・ド・モンパルナス」に感動している件などを読むと、いっそう、なるほどと思ってしまう。病を得たパリの街娼、ベルトに純愛を寄せるピエールは、北條によれば、フィリップ自身が「乗り移った」ということになるが、それよりも、北條自身が乗り移りたい対象であったことだろう。

その精神の健全さ、感性の純粋さは、私が、北條の文学のもっとも得難い美質と感じているところだが、光岡の評言にある、「一種のティーンエイジャーの文学」という甘さにも通じるものであろう。この場合の「もし」ほど愚かしいものはないが、もし、北條がハンセン病者ではなく、また二十三年三ヵ月などではなく、もっと長い生が与えられていたら……。やはり、それを言っても始まらないが、北條がぎりぎりの精神状態を、およそ命がけで維持しながら創り出してきた文学のなかに、彼のティーンエイジャーとしての体臭が微かに香るとき――創作のなかでの抑制を贖うように、彼の日記や書簡のなかには、それが赤裸々に現れる――、それはやはり、あまりにも痛ましいのだ。

肉体の滅びといのちの純化。それはまさしく、「いのちの初夜」の主題のなかに端的に示されている。

「いのちの初夜」は、北條が、全生病院に入院してきた当初の感慨をモティーフとした、彼のもっともよく知られた小説である。その発表以来、もちろん北條の死後も、何度となく版が重ねられ、英訳、独訳、中国語訳も出されている。私が最初に読んだ北條の作品もこれで、しばらくは瘧《おこり》が続くような深い感動を味わった。しかし、最近では作家の北條の名とともに、それほど多くの人に記憶されていないのではないだろうか。

「いのちの初夜」の主人公、尾田は、若い軽症患者として、ハンセン病療養所に入院してきた。どこの療養所という名は現れないが、「東京から僅か二十哩《マイル》そこそこ」と記し、周辺の武蔵野の景観を描写して、そこが、北條自身が生きる世界のすべてであった、全生病院であることを示している。

ハンセン病療養所に初めて入院してきた患者は、子ども以外誰でも、一週間から二週間、収容病室で過ごさなければならなかった。自分がこれから投げ込まれる環境を、ほとんど理解できていない新患者にとって、このときの体験ほど過酷なものはない。そのとき初めて目にする、衝撃的に無惨な重病者の姿に恐怖しながらも、そこに自らの行く末を、すべて投影しなければならなかった。

インテリ青年として描かれる尾田も、その洗礼に与《あずか》り、遂に自殺を決意して病棟の外の林の中にさまよい出るのだが、未遂してしまう。そのすべてを見ていた古参の患者佐柄木は、病室に戻ってから、尾田に次のように話し始めた。

「ね、尾田さん。新しい出発をしませう。それには、先づ癩に成り切ることが必要だと思ひます。」

と言ふのであつた。便所へ連れて行つてやつた男のことなど、もうすつかり忘れてゐるらしく、それが強く尾田の心を打つた。佐柄木の心には癩も病院も患者もないのであらう。この崩れかかつた男の内部は、我々と全然異つた組織で出来上っているのであらうか。尾田には少しづつ佐柄木の姿が大きく見え始めるのだつた。

「死に切れない、といふ事実の前に、僕もだんだん屈服して行きさうです。」

と尾田が言ふと、

「さうでせう。」

と佐柄木は尾田の顔を注意深く眺め、

「でもあなたは、まだ癩に屈伏してゐられないでせう。まだ大変お軽いのですし、実際に言つて、癩に屈伏するのは容易ぢやありませんからねえ。けれど一度は屈伏して、しつかりと癩者の眼を持たねばならないと思ひます。さうでなかったら、新しい勝負は始まりませんからね。」

「真剣勝負ですね。」

「さうですとも、果合ひのやうなものですよ。」

（「いのちの初夜」）


北條は、全生病院入院の翌月の三四（昭和九）年六月、早くも病院内の機関誌『山櫻』に、「童貞記」という小品を発表し、収容病室での体験を基に、「一週間」という作品の制作に手を染めている。この作品が、三五（昭和十）年十二月に書き上げた、「最初の一夜」の習作になった。〈一週間〉の体験は象徴的に〈一夜〉に集約され、これを受け取った川端が、「いのちの初夜」と改題して、『文學界』にその作品の真を問うたのである。

さて、佐柄木の話に粛然とした尾田は、全身に包帯が巻かれ、咽喉に穴を開けられてもなお、深夜念仏を唱えたりする重病者たちの姿や、生きざまを見せつけられ、次のようないのちについての観相を聞くことになる。


「ね尾田さん。あの人達は、もう人間ぢやあないんですよ。」

尾田は益々佐柄木の心が解らず彼の貌を眺めると、

「人間ぢやありません。尾田さん、決して人間ぢやありません。」

佐柄木の思想の中核に近づいたためか、幾分の興奮すらも浮べて言ふのだつた。

「人間ではありませんよ。生命です。生命そのもの、いのちそのものなんです。僕の言ふこと、解つてくれますか、尾田さん。あの人達の『人間』はもう死んで亡びてしまつたんです。ただ、生命だけが、ぴくぴくと生きてゐるのです。なんといふ根強さでせう。誰でも癩になつた刹那に、その人の人間は亡びるのです。死ぬのです。社会的人間として亡びるだけではありません。そんな浅はかな亡び方では決してないのです。廃兵ではなく、廃人なんです。けれど、尾田さん、僕等は不死鳥です。新しい思想、新しい眼を持つ時、全然癩者の生活を獲得する時、再び人間として生き復るのです。復活、さう復活です。ぴくぴくと生きてゐる生命が肉体を獲得するのです。新しい人間生活はそれから始まるのです。尾田さん、あなたは今死んでゐるのです。死んでゐますとも、あなたは人間ぢやあないんです。あなたの苦悩や絶望、それが何処から来るか、考へて見て下さい。一たび死んだ過去の人間を捜し求めてゐるからではないでせうか。」

（「いのちの初夜」）


引用が続くが、北條が、「いのちの初夜」の原稿を川端康成に送る前、手紙のなかで、その制作の動機を記している箇所があるので、以下に示す。

この作、自分でも良く出来ているような気がしますけれど、又大変悪るいんではあるまいかと不安も御座います。結局自分では良く判断が出来ません。けれど、書かねばならないものでした。この病院へ入院しました、最初の一日を取扱ったのです。僕には、生涯忘れることの出来ない恐ろしい気憶《ママ》です。でも一度は入院当時の気持に戻って見なければ、再び立ち上る道が摑めなかったのです。先生の前で申しにくいようにに思いますけれど、僕には、何よりも、生きるか死ぬか、この問題が大切だったのです。文学するよりも根本問題だったのです。

（三五年十二月八日付　北條から川端康成宛書簡）

この作品の原題、「最初の一夜」というのは象徴的な表現であって、「一週間」という習作が想定されることからも、収容病室で過ごした一週間ないし二週間の体験を、創作として〈一夜〉に集約したものであろうことは、前に書いた。いずれにしても、このときの体験から感得された認識、すなわち、作中で佐柄木が語る「いのち」についての観相は、北條にとって、「文学するよりも根本問題」と位置づけられる、「生きるか死ぬか」の問題だった。

北條自身、尾田と同様、幾度となく自殺を試みていた。しかも、北條の自殺の「癖」は、ハンセン病を宣告される以前からのものらしいのである。北條研究家の五十嵐康夫の調査を、光岡良二が紹介したところによると、北條は小学校の高等科卒業直後、初めての上京のとき、すでに自殺を図っているという。東京へ一緒に出てきた、年長の友人の自殺に触発されたものらしいが、北條には、もともとそういう性向があった（光岡良二『いのちの火影』）。

北條の数次に亘る自殺の試みは、ことごとく未遂するが、死にきれない自分に「根強」く生き残る「いのち」の実感は、収容病室の重病者の姿によって逆照射されて、彼に生きる動機を与えた。

あたりの暗がりが徐々に大地にしみ込んで行くと、やがて燦然たる太陽が林の彼方に現はれ、縞目を作つて梢を流れて行く光線が、強靱な樹幹へもさし込み始めた。佐柄木の世界へ到達し得るかどうか、尾田にはまだ不安が色濃く残つてゐたが、やはり生きて見ることだ、と強く思ひながら、光りの縞目を眺め続けた。（「いのちの初夜」）

そして、「最初の一夜」は、実は幾度も北條を襲ったのである。「吹雪の産声」の原題は「嵐を継ぐもの」であったが、「青い湖のよう」に晴れわたった空のもと、矢内の屍体が運ばれていく「降り積った雪の中」に聴こえた産声も、「いのちの初夜」で、「暗がりが徐々に大地にしみ込」み、「強靱な樹幹へもさし込み始めた」光線も、「最初の一夜」の後で現れたいのちの相であったのだろう。吹雪は去り、嵐は止み、いのちの再生の儀式は終わったのだ。

しかし、そのいのちの相、生きる動機は、いかにもおぼつかなげなものであった。

詩人の石原吉郎は、『いのちの初夜』を大陸で見いだし、それを戦地に携えていっては、何度となく読み返したという。シベリア各地の強制収容所を転々とした石原のいのちの観相は、たとえば、次のような一節から読みとれるが、そこに北條と共通するものを、逆説的に見ることはできないだろうか。

ある朝、私の傍で食事をしていた男が、ふいに食器を手放して居眠りをはじめた。食事は、強制収容所においては、苦痛に近いまでの幸福感にあふれた時間である。いかなる力も、そのときの囚人の手から食器をひきはなすことはできない。したがって、食事をはじめた男が、食器を手放して眠り出すということは、私には到底考えられないことであったので、驚いてゆさぶってみると彼はすでに死んでいた。そのときの手ごたえのなさは、すでに死に対する人間的な反応をうしなっているはずの私にとって、思いがけない衝撃であった。すでに中身が流れ去って、皮だけになった林檎をつかんだような触感は、その後ながく私の記憶にのこった。「これはもう、一人の人間の死ではない。」私は、直感的にそう思った。はかないというようなものではなかった。

私にとってそのとき、確かなものは何ひとつ未来になかった。ただ、いつかは自分も死ぬということだけが、のがれがたく確実であり、そのことを時おり意地わるく私自身に納得させることで、「すくなくとも、今は生きている」という事実をかろうじて確かめ、安堵していたにすぎない。

（石原吉郎『望郷と海』）

いかにおぼつかなげで、永続しない観相であっても、北條はいのちの再生の儀式をやめるわけにはいかなかった。彼の孤独な魂は、それをすることで、辛うじて生きる手がかりを得ていたのだから。北條の創作は、おそらく、この儀式の効果によって、ようやく強められた精神状態のもとでのみ可能であったはずだ。

「昨夜北條氏の『いのちの初夜』を読んだ。（中略）これらの作者がもし私であったら、書かずに胸中に畳み込んでおいたであろう。……最悪の場合の心理は誰にでもあるものだが、それをそのまま飛びついて書くということは、科学にならず感傷になる。」

これは横光利一氏の言葉である。だが、横光氏よ、最悪の場合の心理のみが死ぬまで続いている人間が存在するということを考えたことがありますか？　いのちの初夜は私にとって最悪の場合の心理でなく、実に最良の場合の心理であった。

（「精神のへど」）

最悪の心理に打ちのめされて、ついには死んでいこうとする自分と常に戦いながら、肉体の亡びによって揺るがない、いのちの絶対的で、永続的な純化を求める儀式は、最終的に宗教的悟性という結末が与えられた場合にのみ、確固とした基盤をもち得たのかも知れない。

自身の雅号の由来を、丘の上から明石の海を見るのが好ましかったからと語った、前述の歌人、明石海人は、一九三二（昭和七）年、最後の療養生活を送った長島愛生園入園のころから心を病んでいたが、ある日、介護者の目を盗んで、突然部屋からいなくなってしまったことがあった。療友たちが探しあぐねて、丘の上を見上げると、果たして海人は、頂上の岩の上に跨っている。すでに、視力の減退が始まっていた海人であったが、遠く播磨灘の海景を望んだとき、顔の前がきらきらと輝き、ふわっと暖かい感じがしたという。海人はその刹那、地球上には人智の及ばぬ神秘的な、大いなる力が働いていることを感得したと、友人に語っている（栗原輝雄『生くる日の限り　明石海人の人と生涯』）。

海人のこの日の体験は、あるいは神秘主義的な光の顕現、いわゆる、照明体験であったかも知れない。彼はこのときを境に旺盛な作歌、あるいは作句活動に没頭していくのである。栗原輝雄は、明石海人のこの結節点について、

海人は、「新しい思想、新しい眼」（北條民雄「いのちの初夜」）で自己の境涯を見直すことがで

きるようになった。そして、自分がらい者である現実を受け容れ、北條民雄の言う「人間としての生き復り」「復活」（「いのちの初夜」）に通じる道に大きく一歩を踏み出したのである。

発病してから六年、ようやくにして彼の心は平安を取り戻したのであった。

（栗原輝雄『生くる日の限り　明石海人の人と生涯』）

と記しているが、それが明石海人の創作の原点ともなった。また栗原は、海人の日記に、

とまれ、少し眼を使ったら、じき虹彩炎で真紅に充血して痛み、起きていたら発熱する様なこの頃に、いろんな事をやろうとするのは大分無理だろう。日は暮れて道遠しの感に堪えない。もう十年位生きたら、歌も句も相当な処まで進むだろうと思う——が、だが六尺の病床を天地として、あれだけの仕事をなしとげた子規の事を思うと、うか〱しては居られない気がする。

（三四年六月三日の明石海人の日記）

とあるのをとらえて、正岡子規の、「悟りという事は如何なる場合にも平気で死ぬる事かと思って居たのは間違いで、悟りという事は如何なる場合にも平気で生きている事であった」（二十一）、「病気の境涯に処しては、病気を楽しむといふことにならなければ生きて居ても何の面白みもな

い」（七十五）（正岡子規『病牀六尺』）のような心境、すなわち「病の中の自分」から「自分の中の病」へ、「病に翻弄される自分」から「病を従える自分」への主客の転倒に、海人が深く共感したのかも知れないとも分析している。北條も病勢の急激な進行の中で、三七（昭和十二）年の初め頃、子規の『墨汁一滴』、『仰臥漫録』などを読んだらしい。

海人の「丘の上の体験」は、なるほど北條民雄が「いのちの初夜」にまざまざと露呈させた、いのちの観相に通底するものであったかも知れないのだが、皮肉にも、北條自身は、このようなステージに立つことができないまま、その後も苦悶を繰り返していく。

川端康成は、「いのちの初夜」の読後、それを評価する旨をつづった北條宛て書簡の追伸で、バイブルを読むことを薦めており、北條の死をモティーフとした短篇のなかでも、

> 隣人の愛を懐いて生きることは、故人に課せられた運命であり、安住の境地でもあるはずだつた。聖賢の書から宗教の心にのぼることを、私が故人に期待したのもそのためだつた。いづれは円熟の時が来たかもしれない。しかし故人は青臭い若さのまま死んで行つた。鬼哭啾々の作品を僅かに遺しただけだつた。
>
> （川端康成「寒風」）

と書いているのは、川端の北條への、ある意味での愛情のゆえであったかも知れなかった。北

条の最後の小説となる、「望郷歌」を執筆する直前の、三七（昭和十二）年五月頃の彼の様子について、光岡良二は次のように記している。

彼が執筆せず、無聊《ぶりょう》に過していたので、私はこの時期わりあい足繁く、彼が「俺のクロワッセ」と呼び「独房」とも呼んでいたその書斎を訪ねたものであった。めったに彼の机上に見かけたことのない「旧新約聖書」が拡げられていた。「ヨブ記はいいなあ。時々これを声を出して読むんだ。」と言い、また「聖書をこれから読むことにしよう。俺には信仰はとても出来ないが、キリストが自分の苦痛を信じきれた姿を見ると打たれる。俺たちには自分の苦痛が信じきれない。苦しむことそれ自体が何にもならんと思う。」そんなことを言ったりした。

（光岡良二『いのちの火影』）

しかし、十代のときにマルキシズムの洗礼を受けた彼にとって、このような時期は非常な例外で、結局北条は、最期まで宗教とは隔たった位置にあり続けた。北条が生きている限り、いのちの再生の儀式は、とめどなく続くかに思われたのである。嵐のなかに捨て身で立つようなこの儀式は、言語に絶するエネルギーを要するものだったろう。そして、病勢の進展と相まって、徐々にその効果も薄れ、儀式と儀式の間のインターバルも短くなっていったのではないだろうか。

北條自身ほんとうは、ドラスティックな生と死の逆転を目的とするような儀式を必要としない、穏やかな慈雨に全身が包まれるような境地を回復することを、いつも冀《こいねが》っていた。北條は、蕭条《しょうじょう》と降り注ぐ雨がとくに好きだった。以下に引いてみよう。

幸雨模様で今度は落ちついた文章が出来るのではないかしらと、今から楽しんで居ります。四国生れの故でしょうか、長いこと雨が降らないと頭がかさかさになってどうにも困ります。十日も降り続いてくれたら良いのにと、窓を眺めて居ります。雪は白すぎて嫌いです。それに雪の降る空は少しも雲の動きがありませんし、たゞ地面から空までが薄黒い灰色になるだけで、激しい不安を覚えます。

（三六年三月十三日付　北條から川端康成宛書簡）

六時が鳴ったので起き上って見ると、雨が降っている。雨の降る日は光線がやわらかで頭を落着けてくれる。私は何より雨が好きである。それでは今日も落着いた気持で、静かに一日を過すことが出来るであろうと思いながら、部屋その他の掃除をすまして洗顔をした。

（三六年八月三日の日記）

雨の描写は、小説のなかでも精彩を放っている。

海に近い四国の寒村に育つた彼は、まだ七つか八つの少年の頃から、荒々しい海の呻きと、蕭条と林の中に降る細雨の美しさとを、同時に強い印象として記憶の底に沈ませてゐた。兎のやうに、小さな、まるまるとした体で、パンツもつけずに駈け廻つたのもその頃のことである。頭から雨をかぶり、跣になつて水溜りや浜辺を走り廻るのが、ただもう無性に痛快であつたのだ。

（「癩院受胎」）

北條の雨好きは、生理といってよかった。そのなかを駈け廻り、頭からかぶる雨。体で感じ、体が欲する雨である。引用した「癩院受胎」の一節は、以下に続く。

雨にしめり、生々と青みを増して来た苔や、ふつくらとやはらかみを浮せて来た地面を見ると、彼は跣のまま外へ出て見たのであつた。重苦しく濁つた暗い気持につつまれてゐた彼が、ひとつ吐け口を見つけたかのやうであつたが、とたんにさつと蒼白なものが面を走り、棒立ちになつて地上に竦んだ。がやがて彼は、注意深く地面を幾度も踏んでみたり、苔の上に足を上げ、すうつと辷らせてみたりした。しかしもはや彼の蹠には何の感じも伝つては来なかつたのである。彼自身にも気づかぬ速度で、病菌は徐々に肉体を蝕み、営々と執拗な進行を続けつつあつたのである。

（「癩院受胎」）

病勢が進み、麻痺を被った蹠は、ついに雨を、萩原朔太郎の詩を思い起こさせるようないのちの温床としての雨を、まったく感じることができなくなっていたのである。

引用から明らかなように、北條の雨は望郷の象徴、というより故郷そのものである。故郷は、いのちの温床だろう。岸文雄は『望郷の日々に　北條民雄いしぶみ』で、北條が自身の過去と現在を結びつけ、故郷と外界から隔離されたハンセン病院を繋げたものとして、「夕暮れ」、「雨」、「蜜柑」などを挙げている。また、作家の森内俊雄は、『文体』昭和五十四年夏季号に掲載された「北条民雄再読」で、

北条民雄は、雨が好きな作家だった。小説、日記の中で、よく雨を書いている。後年、私も小説を書くようになって、作品の中で度々雨を降らす悪癖がある。これは北条民雄の影響というより、私の内部にあって共通の風土感覚がなせるわざであるのだろう。

（森内俊雄「北条民雄再読　作家による作家論」）

と書いているが、森内の両親は北條と同県の出身で、森内自身も少年期をそこに過ごしたこと

があるということだ。してみると、

その地方都市の町なかに、おだやかな傾斜の山がある。たかだか標高二百六十メートルであるにしても、山であることに違いはない。この山は、海路、フェリーで港へ近付く沖合から遠見すると、最も美しいとされているが、いまひとつ、町の外を大きく湾曲して流れている大川に架った一キロもの長さの大橋を渡り、対岸の堤防の上に立って眺めるのも、はるかな心地がして、なかなかいい。

（森内俊雄「七夕さん」）

という、森内の短篇の冒頭で描写されている、「おだやかな傾斜の山」は眉山、「町の外を大きく湾曲して流れている大川」は吉野川で、この地方都市は、北條の出身県の県庁所在地であろうと察しがつく。因みに、岸も同県在住の研究者で、郷土を愛するが故に、北條の出生に仮託して、その保守性や因習的傾向の存在を明らかにしている。

ハンセン病者は、発病と同時に類縁との絆を断たれた。事実上院内の患者同士に限って認められた結婚には、ワゼクトミー（断種）が条件とされたように、自らのいのちを次代に繋ぐことをも許されなかった。ハンセン病の発病が社会的な死を意味することは、当時、誰もがよく承知していたのである。しかし、北條は、「いのちの初夜」で佐柄木に語らせているように、それが社会的死としての「廃兵」であるばかりか、すでに人間ですらなくなってしまうような、「廃人」なのだという認識を得ていた。
　肉体の滅びを全的に受け入れて、人間を捨てること、そのことによって、何にも増して純化されたいのちを復活させることを目的として、北條は、いのちの再生の儀式を敢行したのであった。しかし、その試みに安住するためには、やはり宗教的悟性を必要とした。北條の精神は、宗教的悟性に達するには、あまりにも若すぎたかも知れない。が、それこそが北條の個性でもあった。中村光夫は端的に書いている。

　愚かな仮定だが、氏がもし宗教が精神を支配し、我々が容易く来世を信じ得る時代に生れてゐたら、氏にとつて問題は遥かに簡単であつた筈だ。そしてこの仮定は愚かだが同時に現実的な仮定なのだ。我国において千余年の歴史を持つ癩者の世界に今日はじめて北條民雄が出現したのは単なる偶然であらうか。氏の苦悩はたんに自己の病苦に堪へることには存しない。それはまさしく精神を一箇の物質と見ることを理智によつて強ひられながら「癩者の復活」を信ぜざるを得ぬ点に存するのだ。これは氏の「いのち」の理論である。（中村光夫『作家論』）

一度死んだ過去の人間を葬りさつてはじめて癩者の眼を獲得することができる。ここにはじめて「癩者の復活」は完了され、「いのちの理論」は生誕する。わが宿命に徹底的に敗れさることによつて、かへつてそれを一個の特権にまで逆用することができるのだ。しかし、それがいかに絶望的な困難を孕んでゐることか。北條氏の雋敏な感受性は私どもの想像も許さぬその困難を過不足なく予想してゐる。おだやかな字面にかくれて、氏が執拗に「癩者に成り切る」といふゾルレンをくりかへした所以である。しかし、つひに北條氏自身は「一度死んだ過去の人間」を圧殺しきることができなかつたのだ。どうしても癩者になりきることはかなはなかつたのである。

（平野謙『現代作家論』）

いずれにしても、北條が「雪」や「嵐」に象徴されるような、いのちの再生の儀式を敢行する一方で、蕭条と降り注ぐ雨――それは母の羊水のような慈雨であるはずだが――を求め続けたことから私が感得するものは、やはり一様ではないのだ。北條のアンビバレンツな生に触れるためには、どうしても、いのちの温床としての、故郷を知らなければならないだろう。

雪が、全生園に降り積もっている。樹間に覗く納骨堂の丸屋根も、すっかり白く覆われた。

一九三七（昭和十二）年十二月五日未明、北條が全生病院で二十三歳の命を終えると、他の患者たちがそうであったように、その亡骸は院内で荼毘にふされ、遺骨は、納骨堂に葬られた。川

端康成が、

癩患者といふものは、その生前には縁者がなく、その死後にも遺族がないとしておくのが、血の繋がる人々への恩愛なのだ。

（川端康成「寒風」）

と記すような感覚が、当時一般の通念であり、北條の葬送も、その例に従ったのである。ハンセン病が遺伝病ではなく、病原菌による感染症であることが判明したためにハンセン病療養所への隔離という施策が行われてきたのだから、「血の繋がる人への恩愛」をいうのは論理的に矛盾するけれども、一般に流布し続ける通念という現実を追認すれば、そうならざるを得ない、という意味であろう。ことは七十年以上前の話にとどまらず、ハンセン病の感染症としての伝染性が非常に弱く、それが遠いむかしに不治の病ですらなくなっていたにもかかわらず、人権を長らく侵害してきた「らい予防法」が廃止されたのが、九六（平成八）年四月になってからのことであったことの責はきわめて重い。

北條の葬送の話に戻ると、彼の場合が当時としてはやや例外的だったのは、訃に接した北條の父が郷里から病院に駆けつけ、遺骨の一部を持ち帰り、一族の墓に合葬したことである。

実は、北條民雄の墓は、少なくとも三つあるのだ。一つは全生園の納骨堂であり、一つは彼の郷里の墓、そして、もう一つは、一九七三（昭和四十八）年合葬された、静岡県の冨士霊園の「文学者之墓」である。厳密に言えば、作家北條民雄の墓は、「北條民雄　いのちの初夜　一九三七・一二・五・二三才」という墓碑銘のある冨士霊園だけであり、郷里の墓は、類縁の人々にとっては北條民雄と何の縁もない、志半ばに若死にした、とある青年の墓である。

全生園の納骨堂には、とある青年であり、また、北條民雄でもあった、若いいのちが眠っている。

Ⅳ. 『山櫻』

北條の死の二ヵ月半前まで続く、川端康成との文通は、一九三四（昭和九）年八月十一日付、北條発信の書簡から始まった。それは、北條がかねて私淑する川端に、自身の作品を見てもらいたいと依頼した手紙であったが、誰かの紹介があったわけではなく、当時すでに文壇的地位を確固としていた川端にとっては、一面識もない田舎育ちの文学青年からの唐突な私信であったことを思えば、まず返信を期待すること自体、難かった。いわんや、その懇請に川端が応じてくれることなど、北條にとっては望蜀の願いというほかなかった。ところが、果たして川端からの返信が、十月十二日付で北條にもたらされる。

お書きになったものは拝見いたします。（中略）なにかお書きになることが、あなたの慰めとなり、また生きる甲斐ともなれば、まことに嬉しいことです。

（三四年十月十二日付　川端康成から北條宛書簡）

この手紙が、北條を狂喜させたのは言うまでもない。川端康成は北條にとって、文学上の師というよりは、神のような存在であったのだから。私は北條のことを知るようになった当初、柊の垣によって外界と隔絶されていたハンセン病療養所から作品を発表した夭折の作家と、川端康成との取り合わせに、やや意外の感を懐いたが、事実は、川端の存在なくして、作家北條民雄はなかったと言ってもよかった。斎藤末弘との対談での、光岡良二の言葉を引く。

光岡　近代文学館で出している月報に、頼まれて短いものを書いたことがあるんです。その文章の中で、川端さんが北条を見つけたというか掘り出したというか、いわば、助産婦みたいにみられているけれども、川端さんが北条という一人の作家をつくり上げたということを僕は言っているわけね。川端さんがなかったら北条はあそこまでゆかなかったし、そして北条が、はじめに、原稿を見てほしいという依頼の手紙を川端さんに出すでしょう。その返事がなかなか来ないんですよね。その間にいろいろ彼の中に、何というか羞恥というか、失望もあったりして、それが川端さんの返事をもらう。その日付けと北条の手紙の日付けとの間がきちっと二か月の間隔になっているんです。僕はあるとき、それに気づきまして、ふと思ったんですが、川端さんが未知の文学青年から手紙を貰う。彼の書いたものはまだ何もその段階では見てないんですが、彼に手をさし延べるということにはかなりの決断がいるわけで、見てやっても、彼自身の中にそれだけのものを持っていなければ、結局ものにはならないだろう。それでも、見てやったということから始まる関係というものは残ることになり、川端さんにとってはやっぱり一つの重荷になってゆくわけでしょう。その決断するまでに、川端さんは、自分に二か月という時間を課されたのではないか。そういうふうな心理が川端さんにはあったのではないだろうか、というようなことを書いたんです。そしたら、その後で、それを読んだ新潮社の編集部の人から、たぶんそうだったでしょう、川端さんというのはそういう考え方をする人だと言ってくれた人がありました。だから川端さんは、オーケーという以上、あの人はやっぱり、しまいまで面倒をみるつもりであったと思うんです。だから、川端さん自身のことだったらしないような細かいことまで配慮してやっていますね。

（斎藤末弘『影と光と　作家との出会いから』）

北條は、川端の胸の裡を知ってか知らずか、以後盛んに手紙を川端に書き続け、師の好評を励みとして制作し、ときに書き直しを促されたりもした。これらの書簡は、北條の日記とともに彼の人となりをよく伝えるものだが、結核で死んだ彼の兄が生きていれば同い年であったはずの中村光夫に、北條が、文通のなかで兄弟的な感情を抱いていたとするならば、川端には当初の畏敬の念が、いつしか父に対する息子の慕情のようなものに転化していった様子も、そのなかから少なからず感じ取れる。

北條は、川端から返事をもらったという、ただその一事だけで無条件に快哉の声を挙げ、ある意味では無邪気ともいえる、第二信を早速書き送っている。


御返事を下さった上、書いたものを見て下さるとのこと、このように嬉しいことが現在の私に又とありましょうか。なんだかもう先生に会って了ったような気がしてなりません。御存知のように社会から切り離されたこの病院のこと故、書いたとてそれが良いか悪いか判断し批評して呉れる人もなく、誠に張り合いのないものでした。

もう既に御承知かも知れませんが、病院とは云えこゝは一つの大きな村落で、「新しき村」にでもありそうな平和な世界でお互に弱い病者同志が助け合って、実に美しい理想郷――とそのような趣が、表面上には見られ、先日も林陸相がお見えになって感心していられましたけれど、この病院の底に沈んでいるものは、平和とか美とか、或は悪とか醜とか、そうした一般社会の常識語では決して説明し切れない、不安と悲しみ、恐怖と焦燥が充ちて、それは筆舌に尽きない雰囲気の世界なのです。私自身も危く気が狂う所でした。けれどこうした中にも、ほんとうに美しい恋愛も在れば、又何ものにも優った夫婦愛の世界もあります。実際この中の恋人同志は、荒野の中に咲いた一輪の花のように、麗《うるわ》しく、そして侘《わび》しく、だが触るれば火のように強いものです。そしてこうしたことが、癩、それから連想される凡てを含んだ概念の内部で行われているということを、思って見て下さい。

こうした内で、私は静かに眺め、聞き、思って、私自身の役割を果して行きたいと思っています。役割とは勿論、表現すること。血みどろになっても精進すること、啻《ただ》それだけです。どうかよろしく御指導下さい。

尚村山貯水池へでもお遊びになった節は、当院へお寄り下さい。決して不愉快な所ではありません。先生のために何かと御参考になることも在ろうかと思います。院内十万坪隈なく御案内致します。

（三四年十月十六日付　北條から川端康成宛書簡）

これから師と仰ぐ川端に、自身の作品を見てもらえることになった二十歳の北條の、初々しい抱負ではある。「筆舌に尽きない雰囲気の世界」といい、「私自身も危く気が狂う所」と告白しても、すでにいのちの再生の儀式を知っていた北條にとっては、そこに書かれていることはあまりに立派すぎ、また、甘すぎた。

川端もおそらくこの文面からは、彼がのちに瞠目させられることになる、北條民雄の文学的資質を感得することは、およそできなかったのではないだろうか。肉体の崩れ、滅びを運命づけられた不治の病に憑かれ、社会から隔絶された環境のなかで苦悶する、とある絶望の淵に立つ青年の姿しか、浮かび上がってこないからだ。その苦悶の姿すらも、手紙に連ねられたいかにも常套的で陳腐な言葉のなかからは、身に迫って立ち現れることはなかったかも知れない。それでも、書き手にとっての「慰めとなり」、「生きる甲斐」となればという思いから、川端は北條に「手をさし延べた」のかも知れない。

全生病院はその増床計画により、一九二七（昭和二）年、隣接する私有地二万五千百六十三坪を買収し、総坪数八万九百八十八坪に拡張されていた。北條の手紙で「院内十万坪」と、少々割り増しされているのはともかく、「隈なく御案内致します」には何か白々とした思いがする。が、一つだけはっきりしていることは、当時、いかなる私信であろうとも、全生病院から発信される書簡はすべて、病院当局の検閲を経ていたということである。まさしく監獄の習いに等しく、その当時のハンセン病療養所の実体とは、そういう性格のものであったのだ。

かつて「狭山が峰」あるいは「狭山が丘」などと呼び慣わされた狭山丘陵に、首都の新たな上水の確保を企図して、村山貯水池の造営を開始したのは、一九一六（大正五）年のことであった。

江戸時代以来続けられてきた、多摩川の水を羽村取水堰から玉川上水で通水する方法では、増加の一途をたどる東京の人口に、対応しきれなくなったのである。この貯水池は、六四（昭和三十九）年に利根川水系の導水が行われるまで、名実ともに東京の主要な水瓶であり続けた。二三（大正十二）年九月の関東大震災で工事は一時中断されるが、結局、上貯水池が二四（大正十三）年三月、下貯水池は二七（昭和二）年三月に完成した。このときまでに、丘陵の山襞に吹き寄せられていた、百六十一の民家が湖底に沈んだのだ。

いまは村山貯水池というより、多摩湖という通称の方が一般的になった。付近は遊園地やゴルフ場、競輪場、ドーム球場などが集まり、東京にもっとも近い手軽なリゾート、そして、この地域に開発された住宅地は、東京の住宅事情のなかでは、割に便利な部類のベッドタウンというイメージが定着している。

北條の手紙を読んでいて、全生園と多摩湖はかなり近かったことを、改めて思い起こした。距離にして四キロほど離れた貯水池の堰堤は、全生園のある東村山市の西の市境に当たっている。完成から七年、北條が川端康成に手紙を送った頃は、すでにそこが、一種の行楽地として知られるようになっていたようである。

私は、二三（大正十二）年に刊行され、九一（平成三）年、文庫として復刻された田山花袋『東京近郊　一日の行楽』を開いてみたが、久米川の合戦の故事を僅かに記している他に、狭山丘陵の記述は何も見いだされなかった。『東京近郊　一日の行楽』は、武蔵野の広範な旧跡、名勝などについて行き届いた本で、なにか見るべきものがあればおそらく取り上げていたものと思うが、まだ貯水池造営中のその場所は、花袋の興趣をそそるものに乏しかったのであろう。ところが、北條が入院していた頃の全生病院の院内誌『山櫻』を繰っていて、次のような広告風の記事があるのを見つけて、なるほどと思った。

☆春が訪れました☆
★東洋第一を誇る
　風光明美なる
　　村山貯水池を御覧になりましたか？
……療養所……我等の理想郷を
　　　御見学あらんことを

暑中御見舞
　郊外納涼は村山の貯水池へ……
帰路は全生村を御訪問下さい

梅雨空のある日、私は西武新宿線の小平で乗り継いで、終点の西武遊園地駅へと向かった。西武遊園地は、多摩湖の湖畔にある駅である（西武遊園地駅は二〇二一年、多摩湖駅に改称された）。東京もこの辺りまで足を延ばすと、狭山が峰の濃密な緑に包み込まれ、都市生活にささくれだった気持ちも徐々に鎮静へと誘われる。平日の昼間ということもあり、電車の中は閑散としていたが、この静かな雰囲気は、付近でしばしば行われている、自転車競技のギャンブルや野球観戦の興奮と、ひどくちぐはぐな感じがした。

西武遊園地駅では、進行方向前方の改札口を出れば遊園地がすぐ目の前で、子どもたちの声や乗り物の音がこだまして、いつもハレの場所の華やぎがある。しかし、反対の南口はいかにも郊外の小駅の構えで、普段着の佇まいで静まりかえっていた。そのときも、改札を通ったのは四人のみ。駅前を右に曲がると、いま乗ってきた電車の高いガードをくぐって、都立狭山公園の林がすぐ見えてきた。正面に盛り上がっているのが、多摩湖の堰堤である。

紫陽花が咲きこぼれる、入り口にいちばん近い茶店に腰を下ろして、コップに注いだビールを半分ほど一気に飲んだ。雨は降っていなかったが、汗でシャツが背中にはりつくような、蒸し暑い日だった。茶店のそばの氷川神社の氏子には、湖底の集落の人々もいたかもしれない。この辺りは壮年のソメイヨシノの樹が多く、花見の季節はとくにたくさんの人が出盛るところなのだが、いまは「五月暗」で、樹が緑灰色の葉を重くまとっている。その日は茶店もここ一軒を除いて、あとは店を閉じていた。

「俳小星の句碑は、どこにあるんでしょうか？」

この場所で三十年商売をしているという茶店の女性は、え？ という顔をしたまま、私の方を窺った。

「この近くに、斎藤俳小星の句碑があると聞いたんですが」

女性は、さあ、ごめんなさい、私わかりませんねえ、と言って、公園管理事務所を教えてくれた。事務所で同じことを尋ねると、

「ハイショウセイ？ それ、いったい何ですか。私は最近こちらにきたばかりなもので」

と四十代後半ぐらいの男性の職員に、頭を掻きながら言われた。私は句碑のことを記した本の写真を示して、これなんですが、ともう一度訊くと、ああ、これ、これならね、と机の上の案内図を指さして教えてくれた。

斎藤俳小星は本名を徳蔵といい、一八八〇（明治十三）年二月二十日、所沢の宮本町で生まれた。家はこの地方の名望家で、本人は長らく所沢町役場の収入役を務めた。ホトトギス同人の俳人としての俳小星は、高浜虚子の門下で、師に「百姓のことは俳小星に聞け」と言われるほど愛されたという。『俳小星第一句集』、『みちくさ』などの句集を残し、六四（昭和三十九）年、

八十四歳で他界した。
四九（昭和二十四）年建碑という句碑の存在は、いまそれを示す説明板もなく、なかば忘れ去られているらしい寂しさを覚えたが、碑それ自体の趣は、なかなか風格のある立派なものだった。

郭公や狭山が丘も深からず

句碑背面の「寄付者連名」に、『林芳信』、『全生園芽生會』、『慰安會』などの名を見いだした。林芳信は、一四（大正三）年、全生病院の医員となり、三一（昭和六）年から六三（昭和三十八）年までは、同院長や国立移管後の多磨全生園園長を務めた。北條が在院当時の院長は、林である。

芽生会は、二七（昭和二）年に結成された全生病院内の俳句サークルで、俳小星は、その育成の最大の功労者であった。北條がいた頃の、『山櫻』三五（昭和十）年新年号にも、

元日や姉弟のよき遊び
隣より獅子舞来り庭つゞき
獅子舞を皆出て見るや百姓家

の元日詠が掲載されていて、「百姓のことは」と師に言わしめた人らしい作風がしのばれる。俳小星の句碑の寄付者に、全生園に関係する人や団体の名が連なっている所以はこのような事由によるが、俳小星の縁もあってか、ホトトギス同人の富安風生らが来院し、高浜虚子も「武蔵野探勝」の吟行で、全生病院を訪ねているのである。

『武蔵野探勝』は、高浜虚子とその門人たちが、三〇（昭和五）年から三九（昭和十四）年まで、月に一回一日の吟行の会を続け、『ホトトギス』に掲載したそのときの句作を、のちに虚子の手によって上、中、下の三巻に編集し、刊行したものである。四〇（昭和十五）年に甲鳥書店から最初に出された『武蔵野探勝』をいま手にしてみると、それは意外に判型の小さな愛らしい本だが、そこに収められた有名無名の吟行地の描写は、いかにも武蔵野らしい情趣に満ちている。

因みに、虚子一門の全生病院への「武蔵野探勝」の吟行は、三五（昭和十）年十一月三日、その第六十四回として行われている。

北條民雄は、三六（昭和十一）年の『改造』十月号に掲載された「癩院記録」というルポルタージュのなかで、「武蔵野探勝」で来院した虚子のことに触れている。

高浜虚子が来院されたことがあった。氏は、この院内から出ている俳句雑誌『芽生』の同人達を主に訪問されたのであるが、患者達は殆ど総動員で集まった。氏はゆっくりと、誰にも判っている事を誰にも判るようにほんの五六分間話して帰られた。患者達はあっけないという顔で散ったが、しかしその五六分間の印象は強く心に跡づけられた。そして今もなお時々その時の感銘が語られている。

患者達は決して言葉を聴かない。人間のひびきだけを聴く。これは意識的にそうするのではない、虐《しいた》げられ、辱《はずか》しめられた過去に於て体得した本能的な嗅覚がそうさせるのだ。

（「癩院記録」）

このときの虚子の詠は、「武蔵野の秋を領して汝らよ」。実際、全生病院には虚子に限らず、その時代時代に一線で活躍していたさまざまな文化人が訪い、患者のなかに生まれていた各種のサークルなどを指導したりして、その振興を促す役目を果たしていた。もっとも、北條の、それらサロン的文芸に対する舌鋒は厳しい。

そもそも全生病院で、患者の文芸活動が本格的に行われるようになったのは、栗下信策が入院してきてからのことであった。栗下は、一九一二（明治四十五）年、二十六歳のときに、浮浪患者の収容がほとんどだった当時としては珍しく、家庭から入院してきた患者であった。そのときすでに栗下の病状はかなり重篤で、指はほとんどなく、二本の脚も間もなく切断したというが、一四（大正三）年頃から、院内に図書館を設置することに熱心に働き、知名人や本願寺などに、本の寄贈を依頼する手紙を盛んに書き送った。そして彼は、ようやく設置された図書館の係を、長らく務めたのである。

一九（大正八）年、栗下は数名の療友とともに院内雑誌『山櫻』を発刊。右手にわずかに残った指の跡の突起にペンを縛りつけて字を書いたという彼は、その創刊号で、「もろともに哀れと思え山桜花よりほかに知る人も無し」に由来する誌名のことを、発刊の辞に記している（多磨全生園患者自治会編『倶会一処』）。

『山櫻』はその後、全生病院で療養する患者たちによる文芸の発表の場としての機能をも果たし、現在も『多磨』と誌名を変えて、月刊での発行を続行している。

北條は、全生病院に入院した三四（昭和九）年の暮れから、院内の山櫻出版部の作業場で、文選工として働くようになった。山櫻出版部は、俳小星句碑の「寄付者連名」にもその名の見えた、「全生互恵会」という財団法人が行っていた院内事業の一つで、『山櫻』のほか、前出の『芽生』や短歌誌の『武蔵野短歌』、児童文芸誌『呼子鳥』などの印刷を行っていたのである。当時の同出版部の主任は、麓花冷という二十代後半の青年で、すでにかなり視力が衰えていたこともあって、「印刷工場の現場にはほとんど手を下さず、工場にくっついた八畳ほどの畳敷の詰所の大火鉢の前にでんと坐りこんで、来客と茶をのみ談笑しながら、顎で工場の若い者を指図するといった羽振りであった」（光岡良二『いのちの火影』）という。

麓と北條は、のちに東條耿一、於泉信夫、内田静生とともに、院内の「文学サークル」を結成することになるのだが、傲岸といわれた麓と北條とでは文学上の対立もさることながら、その他の場面でも確執を産むことは必至であった。ただ、光岡良二が「彼は一見傲岸で、とっつきにくい男だったが、親しんでみると、案外に優しい一面があり、古風な義理固い人情家であった。作家というより、癩園誌の編集者として一貫して仕事をしたところに彼の本領があったろう」（前掲書）と麓を評しているのを見ると、その人となりが何となく伝わってくるようにも思うのである。

私は、北條が在院していた頃の『山櫻』を何冊か読んでみて、麓花冷という人は確かに、俠気のある、人間的な温かさを備えた人物ではなかったかと考えるようになった。

『山櫻』はいま見ても、つくり手の息詰まるような熱っぽさが伝わってくる雑誌だが、その巻頭言は、いつも編集者の麓が書いていた。少し長いが、『山櫻』三六（昭和十一）年三月号の巻頭言を以下に引いてみる。

「レプラとしての我々が生命をみつめての偽らざる生活を描き出した文学」と云うことを幾度か書いて来たが「人間本然の」とか「真の人間像」とかいったそれらの言葉は、人間の持つ醜さや、人生につき纏う俗悪さを尊ぶことでは勿論ない。理智をくらませる虚偽の「ころも」を剥ぎ捨て、素裸になった「いのち」そのものをみつめることだ。例えば、世の中にもてはやされたい為めや、名をあげたいための文学であってはならないと云うのだ。といっても世の中の人々にもてはやされ、名があがってはいけないと云うのではない。その為めのものであってはならないというのだ。ジヤナリストの騒ぎは、ジヤナリストの騒ぎで終るし、金力は金力に倒され、武力は武力に滅びる。流行歌はエロ街を夕風の如く淡く、儚く通り過ぎて消える。ああ無情だと云うか。あらずこの無情な現象の底を常にそれらの現象にたゆたい乍らも貫き流るゝ不変の生命があるのだ。レプラとしての我々は人間のこのいのちの流れの泉を文学によって深く掘り下げるのだ、否文学といい芸術と云うものさえ時として全るで要としないのだ。「味ソの味ソ臭きは上味ソにあらず」と、俗諺ではあるが、やはりこの様に「芸術でない芸術」つまり人間の「ころも」を脱ぎ捨てた「いのち」そのものに生き、その中からそのいのちの希求を脈ハクを感得することだ。それは理論でもなく、智識でもない、何はどうでもそうなければならない唯一のものだ。他人の容カイなど問題でないし、問題にしようにももうどうにもならないほどのものなのだ。

北條民雄君の「いのちの初夜」(文學界二月号)はそんな意味で誇るべき我等の文学である。この作品が文壇に激しいショックを与えたというのは、当然だといえよう。そしてそれは君が癩者であるからと云うだけではない、というのも事実であろう。現文壇の神様といわれる川端康成氏は君のこの作品、及び我等の文学を評して「いのちの文学に就いて」（大阪朝日）と題している。「いのちの初夜」は出た。二夜、三夜、それから終夜までが我等の目の前にあるのだ。我等は脱皮して、すべての人間を貫く「いのち」を生き「いのち」を見つめねばならぬ。そこに新しい真の文学が生れるであろう。（カレー）　（『山櫻』三六〈昭和十二〉年三月号）

こんなことをいっては麓に申し訳ないが、何か講談の一節を聞いているような、大時代な文章である。彼は『山櫻』前年十二月号の「昭和拾年の療養所文学の動向」には、北條の文壇デビュー作「間木老人」が『文學界』に掲載されたことを、「療養所文学界としては提灯行列にあたいする慶事だ」とも書いているが、北條が再び「いのちの初夜」でも文壇的成功を収め、先輩格としての麓は鼻もちならないライバルに出し抜かれて、心中穏やかではないのである。が、そのジェラシーはひとまず胸の裡に秘めて、精一杯の虚勢を張り、北條にオマージュを捧げているといったところであろうか。それでも、その文壇的成功は一人北條が勝ち得たものではなく、「君のこの作品、及び我等の文学」とすかさずすり寄り、「『いのちの初夜』は出た。二夜、三夜、それから終夜までが我等の目の前にあるのだ」と結んでいるあたりには、苦笑させられる。

ところが、傲岸さにおいては麓に優るとも劣らなかった北條は、もはや院内文芸の枠組みに満足せず、ほんの二、三人の心を相照らしあえる療友を除いては、自身の成功をともに祝い、喜び合うような心境には遠かった。

このような雑誌の、こんな小説に豊島先生を煩わせたことを彼等は少しも恥じないのか。とりわけK・Fの「療養所文芸も文壇のレベルに達し云々」の言葉は、なんという思い上りだ。もし真剣に人類というものを考え、現在の日本文学というものを考えるなら、このような言葉は断じて吐けぬ筈だ。彼等は苦しんでいる。それは判る。しかしそういう苦しみ、癩の苦しみを楽しんで書き、何の疑いもなく表現している。それでいいのか。もし自己を現代人とし現代の小説を書きたいと欲するなら、その苦しみそのものに対して懐疑せねばならないではないか。癩の苦しみを書くということが、どれだけ社会にとって必要なのか！　ということを考えねばならないではないか。彼等の眼には社会の姿が映らぬのであろうか。その社会から切り離された自己の姿が映らぬのであろうか。

だが、こんなことは俺だけのことだ。彼等はみな楽しくやっている。それでよろしい。ただ俺は誰とも会いたくない。語りたくない。俺は孤独でもよい。絶えず社会の姿と人類の姿を眼に映していたい。俺は成長したいのだ。

（三六年九月十日の日記）

三六（昭和十一）年七月の、『山櫻』文芸特集号を読んでの感想である。このときの創作の選者は豊島与志雄で、麓が例によって巻頭言を書いている。因みに、このとき豊島与志雄は四十六歳。作家としての地位はすでに確立し、四年前の三二（昭和七）年から、明大の文芸科教授を務めていた。北條が、この文壇作家にどのような思いを抱いていたのかはよくわからないが、麓への憤懣やるかたない気持ちを吐露する前掲の日記に、その名が見られるぐらいである。北條はこの頃すでに、川端康成を通して、いわゆる〝外〟の世界に発表の機会を与えられており、院内文芸の枠組みのなかで豊島の評に、直接与ることはなかったものと思われる。

さて、北條の日記中のK・Fはもちろん麓花冷のことだが、ことここに至っては、もはやお互いの妥協点は見いだせまい。「その苦しみそのものに対して懐疑せねばならないではないか」という主張はよい。しかし、それでは北條に、「社会から切り離された自己の姿」がどのように映っていたかといえば、それが彼の作品のなかに、それほど明確な像として浮かび上がってくるとも思えない。私には、北條がそういう意識で、作品の主題を求めていたようには思えないのだ。だから、いくら人目に触れることのない日記のうえとはいえ、「彼等は楽しくやっている」「俺は成長したいのだ」では取りつく島がないし、少しく麓に同情してみたくもなる。

ところで私は、一九三九（昭和十四）年に、いわゆる療園作家の作品を、式場隆三郎が編んで出版した『望郷歌　癩文学集』（山雅房）や、同じく一九五〇（昭和二十五）年に、全生園の入園者の文芸作品を集めて、全生文藝協會編で出された『癩者の魂』（白凰書院）という作品集のなかに、麓花冷の「母斑」という創作を見いだして、何となく不思議なことに気がついた。

「母斑」の舞台は、やはりハンセン病療養所である。主人公は民子という名の若い看護婦で、「自分の敢果《ママ》ない人生に灼きつけられた宿命の焼印の如く右の頰に色濃くうき出してゐる紅痣」にコンプレックスを抱き、鬱屈した心理を胸の裡に宿しながら、顔の見えない防毒マスクをしての仕事にのみ日々を送っている。因みに、防毒マスクと呼ばれるものの着用は、当時のハンセン病療養所では普通のことだった。民子はいま勤めている療養所に来る前にも、あるハンセン病院で看護婦をしていたが、彼女が信仰上の師と仰いでいた二十七、八歳の敬虔なクリスチャンの患者に、思いがけず凌辱され、「美しく装つた総ての人間生活の裏面をばかり覗く女となつ」て、職場を移ってきたのであった。

ある日民子は、山木という年老いた盲人の患者に出会い、何故か、不思議な感情が身体を突き抜けていくのを感じた。結節で、「蟇の背中みたいに醜くなつた」顔の、六十一歳の老人の、何が彼女の心をこうも搔き乱すのかわからぬまま、民子はその年の盆踊りの夜を迎えた。そしてその夜、山木老人への善意が徒になるような次第で、民子は彼に接吻されてしまう。動揺した民子は、そのときすぐには気がつかなかったが、のちに山木老人こそ、民子が物心つく前に生き別れた、実の父親であることを確信する。ところが山木老人は、民子にしたことが原因となって、その夜「フウ癩病舎の監禁室」に入れられてしまい、翌日の明け方近く死んでしまった。

麓花冷の「母斑」は大要そんなストーリーになるが、ここで描かれる秘められた親子関係の理不尽さは、どこか北條の「癩家族」や「癩院受胎」などを思い起こさせる。しかも、山木老人という登場人物の名が、北條の「間木老人」と無関係に設定されたとは、どうも考えにくい。「母斑」の山木老人が、民子の生き別れの父であったという展開は、かなり強引な印象を与えるものだが、北條の「間木老人」においても、やはりその人は「白痴と瘋癲病者の病棟」で生活しており、この作品を評した川端康成が、北條に宛てた書簡のなかで、

間木老人拝見しました。感心しました。もっと長く書け、これだけで幾つも小説書けますが、これはこれとしてもよろしいと思います。問題になるところは、おしまいの偶然にあるかもしれませんが、差支えないでしょう。

（三五年五月十四日付　川端康成から北條宛書簡）

と記しているように、間木老人は主人公宇津の父の、日露戦争従軍の折の戦友であったという偶然が、作品の最後の部分に仕込まれている。

北條の実父も軍属であったから、この作品にもその事実の投影があるという指摘があるが、それでは何故、ここで偶然の邂逅が必要であったのか。また、麓作品の親子再会の偶然は、北條の

作品が、なにがしかの影響を与えたものなのだろうか。

私はこのことを考えているうちに、二つのことに思い至った。一つは、いかに北條が療養所の〝外〟の世界で認められた作家であり、麓の創作活動が療養所の内に限られていたという違いがあるにしても、やはり、二人は同じ「文学サークル」で研鑽しあったライバルであり、彼等が置かれた境遇のなかでの、テーマの共有はあり得たのではないかということだ。

そしてもう一つ、何故、北條や麓が自作の中に、縁者との偶然の邂逅という設定を企まねばならなかったかといえば、すなわち、一度類縁との絆を断たれたその当時のハンセン病患者にとって、彼等の悲願であったはずの縁者との再会は、偶然の邂逅以外には、不可能であったということである。


北條は当初「秩父晃一」、のちに「十條號一」のペンネームで、『山櫻』に断続的に随筆や小品を発表した。筆名は秩父舎に起居したことや、十号病棟に由来するものであろうか。川端康成に認められ、いわゆる〝外〟での発表の機会を得てからはそちらに専心するようになり、『山櫻』への寄稿はきわめて少ないが、三七（昭和十二）年一月号には、「井の中の正月の感想」という随筆を「北條民雄」の名で書いている。これは童話作家のツカダ・キタロー（塚田喜太郎）が、「井の中の蛙、大海を知らず」と、ハンセン病患者の狭視野を指摘した記事への反論なのである。

私は二十三度目の正月を迎えた。この病院で迎える三度目の正月である。かつて大海の魚であった私も、今はなんと井戸の中をごそごそと這いまわるあわれ一匹の蛙とは成り果てた。とはいえ井の中に住むが故に、深夜冲天にかかる星座の美しさを見た。大海に住むが故に大海を知ったと自信する魚にこの星座の美しさが判るか、深海の魚類は自己を取り巻く海水をすら意識せぬであろう。況《いわん》や――。

（「井の中の正月の感想」）

「社会から切り離された自己の姿」を北條の文章に探していて、この一節にぶつかった。この文章は後段で、「苦痛は私に夢を与えた」という言葉を導き、

夢を有ったが故に夢に虐《しいた》げられるとは、

――それなら苦痛が救いだとでもいうのか！

何も云わぬ、私は作家だ。

という絶叫に結ばれていく。

文壇的成功を決定的にした、前年の「一九三六年は私にとって生涯記念すべき年であった」と

いう一節を含むこの随筆は、北條が、文学的夢を実現しつつあることを知らせはするが、やはり、ツカダへのお返しともいうべきこの文章からも、「社会から切り離された自己の姿」は浮かびあがってはこない。彼は同じ随筆のなかで、「小説に対して、人々は明るいとか暗いとかいう。だが新しい小説に於ては、明るいとか暗いとかいう言葉は意味をなさぬ」ともいっているが、私はこの悲壮な調子の文章が、北條の、案外明るい精神状態のもとで書かれたような気がするのである。北條がこれを書いたのは、前年、すなわち三六（昭和十一）年の暮れであろうから、彼が床の中で神経痛に苦しんでいたときであったとするならば、この推測は的外れかも知れないのだが。

北條民雄は治らぬ病気を持っていた。彼は当時の医学では自らの病気が不治であることを確信しながら、病気をテーマとし、そこでの生存の意味を問うた作家である。しかし、彼は一方では、その文学の非社会性、閉塞性を深刻に懸念した作家でもあった。『柊の垣のうちから』と題された未完のエッセイ集で、彼は次のように書いている。

「無論私も健康な小説が書きたい。こんな腐った、醜悪な、絶えず膿の悪臭が漂っている世界など描きたくはない。また、こんな世界を描いて健康な人々に示すことが、果してどれだけ有益なのか。少くとも社会は忙しいんだ、いわゆる内外多事、ヨーロッパでは文化の危機が叫ばれ、戦争は最早臨月に近い。そういう社会へこんな小説を持ち出して、それがなんだというのだ。——こういう疑問は絶え間なく私の思考につきまとって来る。

実際私にとって、最も苛立たしいことは、われわれの苦痛が病気から始まっているということである。それは何等の社会性をも有たず、それ自体個人的であり、社会的にはわれわれが苦しむということが全然無意味だということだ」

私が北條民雄を初めて読んだのは学生時代であるが、その頃はうかうかと読み過ごしていたこの文章も、小説を書くようになってから、一層痛切にこたえるようになった。だが、彼は、同時にかなしいほどしたたかな人間だった。このようなことを書きながら、『日記』では、「病人は病気の話をするのが一番楽しいのである」とのどかな口調で書きとめている。彼の描く地獄図のような病者の世界を読んできた者には、かえって凄味のある一節である。

（森内俊雄「北条民雄再読」）

森内が示すように、北條はしたたかな人間だったのだ。主知的には一貫した姿勢には欠けるかも知れないが、情理を超えて、彼ならではの「文学的位置」を模索し続けたのであろう。ともあれ、北條の「井の中の正月の感想」の底意は、麓花冷が例の巻頭言に記した、「世の中にもてはやされたい為めや、名をあげたいための文学であってはならないと云うのだ」ということと、あまり大きな隔たりはないように思う。

それよりも、レトリックとして現れる「深海の魚類」や、「夢を有ったが故に夢に虐《しいた》げられるとは」というあたりは、明石海人の『白描』の「癩は天刑である」に始まり「癩はまた天啓でもあつた」で終わる有名な文章を、再び思い出さずにはいられなかった。特に、北條の「深海の魚類」と明石の「深海に生きる魚族のやうに」は、およそ偶然の一致とは考えにくい。明石が北條のこの随筆をかねて読んで知っていたか、何か別の、共通の出典があるのであろう。旧約ヨブ記、

汝は海の泉源に到ったか
大洋の底を歩んだか
（ヨブ記　三八―一六）

あたりを意識しただろうか。ただ、明石の文章では、「深海に生きる魚族のやうに」は「自らが燃えなければ何処にも光はない」に結びついて、ハンセン病を生きた明石自身になぞらえられているのに対して、北條の「深海の魚類」が、「自己を取り巻く海水をすら意識せぬ」〝外〟の人々の暗喩とされているのは面白い。意識的に逆転されているとするならば、その真意がどこにあるのか、大いに興味が湧くところだ。

再び『山櫻』に発表された北條の文章にもどると、「井の中の正月の感想」を書いたほぼ二年前の三五（昭和十）年の二月号に、彼は「孤独のことなど」という随筆を寄せている。

——美しいものは一番危っかしい。一番こわれやすい。その上一番終末的でさえあります。だから美しいゆえに切ないものは、一番毅然《きぜん》とせねばならない。一歩どちらかへぐらつけばそれは忽ち甘くなるか、又は感傷になる——これは保田與重郎氏が川端康成氏の芸術を評した時の言葉であるが、私はこの一文を読んだ時、ああと溜息をつき、このように美しいものがこの世の世界にあるのかと、頭をあげ瞳を輝かせたのであった。(中略)

——あなたのようなお気持もっともと思いますが、現実を生かす道も創作の中にありましょう——と川端康成氏から戴いた手紙の中に書かれてあった。これを読んだ時私は、生《なま》な川端氏の姿を感じ、保田氏の文章に於て示された高くきびしい美しさと、孤独に満ちた氏――川端氏の随筆を想い起して、激しく心を打たれたのであった。その時こそ覚悟を定める時であったけれど、尚自らを信じ得ぬ弱さが私を引きずり、現在まで覚悟らしい決意を持ち得なかった不甲斐なさに責められて、私は今日こそ明瞭《はっき》り覚悟をする。(中略)

ここまで書いて印刷所へ仕事に行ったが、薄暗い鉛の谷間で、拾う一字一字の活字を持つ手がふるえてならぬ。心に溢れた激情の故で、果ては頭が痛くなり、仕事半ばで帰らねばならなかった。久しく味い得なかった嬉しさが全身をつつんで了い、私は何時の年にも勝った感激を込めて、今年こそは、と心に誓った。

(「孤独のことなど」)

「孤独のことなど」から「井の中の正月の感想」まで、北條にとってのこの二年間のことを思ってみたい。

三五（昭和十）年の二月には、「文学サークル」を結成し、コント「赤い斑紋」や掌篇「白痴」などを『山櫻』に発表する傍ら「間木老人」を書き、この作品が川端康成に認められて、同年の『文學界』十一月号に掲載された。

三六（昭和十一）年には、「いのちの初夜」が『文學界』二月号に発表され、同月の「文學界賞」を受けた。『文學界』の同年四月号に随筆「猫料理」、同九月号に随筆「眼帯記」、『中央公論』十月号に「癩院受胎」、そして『改造』十月号にルポルタージュ「癩院記録」、『文藝春秋』十二月号に「癩家族」、『改造』十二月号にルポルタージュ「続癩院記録」が立て続けに発表された。また、これらをまとめた作品集の『いのちの初夜』も出版されたが、のみならず、彼の死後になって発表されたり、未完のまま残され、あるいは北條自らによって破棄されたりした「ただ一つのものを」、「監房の手記」、「柊の垣にかこまれて」、「吹雪の産声」などの制作にも、手を染めていたのである。

作家北條民雄の燃焼は、この二年間に集中しており、それだけに、創作の地獄をも存分に経験したものと思われる。もちろん病勢も、少しずつ確実に進んだ。そうしたことを踏まえて、いま

いちど「井の中の正月の感想」に刻まれた

夢を有ったが故に夢に虐《しいた》げられるとは、
——それなら苦痛が救いだとでもいうのか!
何も云わぬ、私は作家だ。

という絶叫に立ち返ると、その思いは確かに深いと思う。
北條の療友で、彼がもっとも親しく交わったのは、同じく「文学サークル」のメンバーでもあり、北條が「こころの友」と呼んだ、詩人の東條耿一だった。一時三好達治に師事した、東條の詩を一篇引く。

誕生

風が吹く　紙戸を閉める　雪が降る　懐炉を点す
不自由な盲いの身の　明け暮れを　手塩にかけて
鶯の　一つの歌の誕生を　心密かに待っている
沈黙の佳人　不屈の禅師　ああこの療友《とも》に跪拝する

当時の、北條と東條の二人を知る光岡良二は、「直情的な気性のはげしさと、虚無的な心情、そうした二人に共通したものが、彼らを結びつけたのだろう」（光岡良二『いのちの火影』）と述懐している。ところが、東條の妹、津田せつ子さんにそのことを尋ねると、

「北條さんはとても怖い人という感じでしたが、兄はそんなことはありませんでしたよ」と言われた。これは知友と妹との、目線の相違によるものだろうか。

津田さんは、東條や北條と同じくハンセン病を得て、戦後も全生園で療養を続けてきたが、東條は、四二（昭和十七）年に、やはり全生園で不帰の人となり、光岡も他界してからは、北條の生前の姿を知る、数少ない一人となっていた。

「北條さんはあのころ、秩父舎の応接間を書斎にして仕事をしていたんです。夜、消灯時間の後は、百匁蠟燭の灯りで書いていたようですね。仕事を終えてからやすむので、朝はいつも遅くて、朝ご飯が食べられない。北條さんのような暮らしをしている人を、待っていてはくれないんです。ですから、いつも売店でつましいお菓子を買ってきては、お茶といっしょにそれを食べていましたね。それで体を悪くされた、と私は思っているんですけれどね」

北條は入院時のカルテに記載があるように、身長百五十三・六センチと、当時としてもかなり小柄な方だった。ところが東條は大柄な青年で、年齢が二歳ほど年長であったこともあり、北條

は彼に兄のような感情をもっていたのではないか、と津田さんは言う。

「東條の前では、いつでも裸になれる」

北條は、よくそうもらした。私は、津田さんに東條の生前の写真を見せていただいたが、それは、北條のやや癖の強い風貌と比較するまでもなく、なかなかの美丈夫であった。

私は、麓花冷のことも尋ねたが、津田さんはたいして感慨もない様子で、

「麓さんと北條さんとでは、年代もちがいましたし、センスがちがったのです。これは仕方がないことですね」

と、即座に言われた。麓は一九〇八（明治四十一）年の生まれだから、北條より六歳、東條より四歳年長であったことになる。麓も四三（昭和十八）年、三十四歳で逝った。

津田さんは、療養生活の折々を短歌に託して記録してこられたほか、『曼珠沙華』と『病みつつあれば』という二冊の随筆集を上梓されている。その一篇一篇は、津田さんの来し方を静かに示し、カトリックの信仰に培われた生活姿勢からくるものなのか、日々を大切に生きてきたことがしのばれる、しんとした勁さが文章にこもっている。

北條と東條の思い出を綴ったものがあるので、以下に引いてみる。

兄が結婚し、一応安定した療養の日々が続いた時だったろうか。北条さんから、

「おまえがめくらにならないうちに俺の肖像画を描いてくれ」

と頼まれて、北条さんの住む秩父舎の応接間に毎日、午後になるとその肖像画を描きに行っていたことがある。もうそのころ、兄はかなり眼が悪くなっていて、日によっては眼がかすんでよく見えなくなると義姉が言っていた。

「おい、東条、美男子に描いてくれよ」

そんなことを言って北条さんは笑わせ、兄と二人で楽しそうであったと義姉は話していた。そんな二人のために、義姉は毎日おやつを作り、菓子を用意してお茶を入れに行っていた。その手伝いを、私もよくやったものである。

兄の描いたその木炭画の肖像画は、遺骨と共に北条さんの実父に手渡したのだったが、父君は持ち帰らずに、事務所に置いていったと義姉が言っていた。（中略）

北条さんのことも、兄夫婦を通じて私は知ったにすぎない。身近にはいたけれども、口をきくのが怖かったのである。北条さんは、辛辣に人をこきおろすときも、ユーモアがあって、兄夫婦の口を通して聞くとそんなにひどいとは感じなかったが、

「女は女ではなく、雌と感じることがある」

などと聞かされると、どきっとしたものである。

北条さんが、川端先生に送った原稿は、義姉の父がたびたび面会に来てくれていたので、

その父に垣根からひそかに手渡し、郵送してもらっていた。検閲をきらった北条さんは、別の原稿を用意して事務所に差し出していたのである。

北条さんが亡くなる数日前、義姉に頼まれて私が病室に洗濯ものを届けに行った時のことである。北条さんの重態なことを聞かされていたので、私はびくびくしながらそっと洗濯ものを置いて帰ろうとすると、北条さんは痩せて眼のくぼんだ蒼白い顔を向け、細い手で私の萎えた手を取った。

「君の手は冷たいね。可哀想に……」

と言って撫でさするのである。

「こんなに冷えている、可哀想に……」

と繰り返して言う。こんな優しい北条さんに接したのは初めてなので、私はどぎまぎし、びっくりした。この時、私はなんとなく北条さんに死期の迫っていることを感じた。それから数日して、北条さんは逝った。

一瞬、闇を彩って消えた、火花のような激しい北条さんの生であった。

（津田せつ子「兄と北条さんと〈いのちの火影を読んで〉」）

私が話を伺い終わって、その部屋を辞去するとき、津田さんは思い出したように、

「いまハンセン病資料館に、北條さんのカルテにあったという写真が出てますけど、私にはやはり、兄が描いた肖像画（口絵参照）の方が北條さんの印象に近いですね」

と呟いた。

V. 花瓶の花

私の祖父は、父と同じく洋画家だった。

祖父の若い日の写真が数葉残されているが、それはいかにも土の臭いのする、田舎っぽい面差しだ。一九〇七（明治四十）年に入学した、東京美術学校（現東京芸術大学美術学部）で同級だった萬鐵五郎とともに納まったスナップなどを見ると、それはもう、ほんとうにがっかりしてしまう。萬のいかにも芸術家らしいスマートな風貌と比較すると、祖父の方はどうにも鈍くさく、野暮ったい感じを覆うべくもないのだ。たまたま回顧展のカタログで祖父の写真を見た知己の女性から、感じ入ったように、「お祖父さんて、あなたにそっくりだったのね」と言われたときには、実に複雑な心境であった。

祖父、清原重以知は、一八八八（明治二十一）年、現在の徳島県阿南市で生まれた。

祖父は美校入学の前年に上京し、卒業後はいわゆる官展派の作家として、文展や帝展、光風会展などに作品を発表していた。三十歳を過ぎた頃に結婚して二男一女をもうけ、四十代以降は吉祥寺に住んだ。

祖父が在籍していた頃の東京美術学校西洋画科は、黒田清輝、久米桂一郎の時代である。祖父はある意味で、その当時の主流であったフランス外光派の忠実な後継者であったが、精力的な仕事をしたのは昭和の初期までで、以後は画壇の中心から、徐々に離れていった。時代との乖離が埋められなくなったのであろう。もとより、才能が光彩を放つというタイプの作家ではない。その後は日本的解釈を含む洋画を、自身の意欲のおもむくままに、恬淡と創り続けていたようだ。

もう半世紀も前に老衰で他界したが、私は迂闊にも、祖父が徳島の出身であることを、本人の死後もしばらくは、あまり強く意識しないでいた。祖父の郷里に関して思い出すささやかな記憶は、毎朝、焼き味噌と新香をおかずに、湯漬けで遅い朝食をとっていた姿ぐらいである。焼き味噌は、徳島の白味噌を猪口のような小さな器に塗り、遠火であぶったものだが、こうした食の習慣は、祖父が幼い時分以来培ってきたものだと聞いた。

だいたい父も私も東京の生まれだから、徳島に故郷の感覚はなかった。遠縁の親戚がそこに残っているとは聞いていたが、ほとんど没交渉で、私が初めて徳島の祖父の生まれた場所に立ったのも、没後二十年以上が経過した九五（平成七）年になってからのことだった。

遺作の多くは徳島県や阿南市などに寄贈されていたが、当の遺族たちが祖父のことをなかば忘れかけていたとき、思いがけずその郷里から招かれたのだ。祖父の作品に関心を持った徳島県立近代美術館が、「徳島の作家　清原重以知展」を企画してくれたという。展覧会を観る前に、担当した学芸員の江川佳秀氏に案内されて慌ただしくその出生地を訪ねると、そこは草原の空き地になっていた。ちょうど新緑の頃で、柔らかい丘陵の青さが眩しかったばかりで、感慨というほどのものはなかった。ただ、集落のささやかな神社の玉垣に、それを奉納した祖父の名前を見つけたことと、突然訪ねた遠縁の親戚が、何かお祖父様の故郷の土の香りのするものをと言って、イタドリを土産に手渡してくれたことは、心に響いた。

徳島市から小松島を経て、那賀川が流れる阿南平野（那賀川平野）に入ったとき、そこは意外な明るさに彩られていた。吉野川下流の砂っぽい地質と比べると、随分と湿度が感じられた。阿波に北方と南方という郷土色のあることを知ったのは、このときである。風土は人の風格を育み、それぞれの文化の圃場となる。「藍どころの北方、米どころの南方」というような言葉は、単に地誌的な意味を越えて、多くのことを教えてくれているにちがいないのだ。

私はこの旅の少し前、西井一夫『新編「昭和二十年」東京地図』や、佐々木和子『多摩の文学散歩』を読んで、北條民雄の名を漠然と知るようになっていた。しかし、まだ彼の作品に触れていなかったし、いわんやこの阿波の南方の湿度が、北條が好きだった雨と同じものであるとは思ってもみなかった。それを知るのは、ハンセン病資料館で北條のポートレートと対面した、まだその後のことだ。
北條が、私の祖父と同郷の阿波の南方の人であったことが判ったとき、彼のポートレートから、一種の懐かしい感覚を受けた、その謎が解けたような気がした。過剰な思い入れであろう。たまたま重なった偶然をつなぎ合わせていけば、なにがしか理屈めいた説明ができるようになるものだ。だが、私が、北條に関わろうとした動機にそうした縁がある以上、過剰な思い入れでも、こじつけであろうとも、告白しておく必要がある。

従来、北條民雄の本名や出生地などは、ハンセン病に対する偏見や差別が完全に払拭されない場合には、明らかにしないことが賢明とされてきた。北條の縁者に、そのことが災いするのを避けるためである。しかしこれまで、研究者の間で少しずつ北條の生い立ちが明らかにされてきたという事実の堆積があり、ハンセン病患者と、関係の人々の人権を長らく踏みにじってきた「らい予防法」が、遅きに失したかたちでようやく廃法となり、さらにはそれが違憲であったことが裁判で明らかにされたいま、固有名詞としての本名と出生地――北條の出生地は、当時父の赴任地であった旧朝鮮京城府である。母方の郷里が、北條が一歳の誕生日を迎える前から、十九歳までを過ごした土地である――のみを伏せ字とすることの意味が空洞化している、といえなくもない。川端康成が「寒風」のなかに記したような、その当時の認識と現在のそれとでは、やはり大きな隔たりがあるはずだからだ。しかし、私の独善的な判断が、たとえ関係者の一人の心でも傷つけ、迷惑を及ぼすようなことがあれば、それは、やはり私の本意ではない。

私の第一の願望は、いまやあまり多くの人々に記憶されているとは言い難くなった、北條民雄という夭折の戦前作家の存在を、まず知って欲しいということだった。そして、私は北條を知るための方法として、地方色ということに着目したかった。北條の文学の根幹を支える、「いのちの原郷」にかかわる問題だからである。

北條と私とでは、五十年近い世代の隔りがあるが、彼の作品中の全生病院やその周辺の描写は、意外にも武蔵野を郷里とする私が、いま読んで共感する部分が少なくない。そのことは後章であらためて取り上げるが、北條のほんとうの郷里——羊水のような慈雨が降り注ぐ土地——は、繰り返すまでもなく、武蔵野ではない。その土地が育んだ人間は、「いのちの初夜」で、佐柄木が「一たび死んだ過去の人間」と呼んでいるそれであり、前の章で述べたように、北條は遂に「ほんとうの郷里が育んだ人間」を、完全に捨てきることはできなかった。北條のいのちは、吹雪と細雨の間を往きつ戻りつしていたのである。

そのうえで、次の事実のみ再確認しておきたい。作家北條民雄は、かつての徳島県那賀郡、すなわち、阿波の南方の空気を呼吸して育った青年であったということを、である。

北條民雄は、一九一四（大正三）年九月、陸軍経理部の一等計手であった父の赴任地の、旧朝鮮京城府（現在のソウル）で生まれた。北條には、彼の存命中に肺結核で死亡した三歳年上の兄がおり、二男であった。後に異母弟妹が四人できるが、このときは二人兄弟である。

彼が一歳の誕生日を迎える前の、翌一五（大正四）年七月、実母が肺結核で急死したため、北條は、母方の郷里であった阿波の南方の祖父母に預けられた。したがって、彼は実母の温もりも、出生地の京城の記憶も、留めていなかったと思われる。阿波の南方で育った北條がどのような少年であったかについては、複数の人々が、本人や関係者の証言などからその輪郭を明らかにしようと試みている。しかし、そこから実像は、意外に映し出されてはこない。

たとえば、北條の全生病院入院時のカルテによると、彼の身長は百五十三センチ余りと記されているように、当時としても小柄な方であったが、岸文雄が得た証言のなかには、北條は、「背は高くて、すらっとしていて、その当時の青年としては高い方でしたね」とするものもあるという。記憶は必ずしも時系列的に甦るものではないし、その後の伝聞や憶測で、無意識のうちに修正が加えられることはままあるだろう。

体格や風貌などについての証言は、確たる記録が現れればそのバイアスを補正することもできるが、その人の性格や思考の傾向となると、客観的な視点が求めにくいので、如何ともし難いいばらつきが出てくる。光岡の年譜には、本人の言として、「体は小さかったが、村内きっての餓鬼大将であった」と記されているが、その一方で、

主人公（十九歳）
少年時代から義母に苦しめられて育ったため、孤独で独立的で強い主観を持たされてゐる。少年の頃はすっかりひねくれてゐたが、実証主義マルクシズムの洗礼を受けたためひねくれた部分が独立性となり、冷徹なものとなつてゐる。肉親感といふものは全く持つてゐない。もつとも自分では絶えず反省し、かうした自分の冷たさにぞつとし、人間らしい情愛を持たうと無意識のうちに努力する。それが芝居気たつぷりなものとなつて表はれる。他人から受ける愛情に対しては敏感であるが、ひどく疑り深く、また愛されるとそれに対して率直に答へられない。これは激しい羞恥心ですぐ赤くなり、赤くなる自分の癖に何時も腹が立つ。

という北條の作品構想の覚え書きについて、彼と書簡のやりとりがあった中村光夫は、「おそらく作者の自画像にかなり近い」と述べているのは、どうしたことだろうか。中村の推測を支える根拠は不明だが、どうもこの覚え書きの人物と、「村内きっての餓鬼大将」は少しく結びつきにくい。かつての「餓鬼大将」とは、ある種の、俠気を帯びた少年を想像するからだ。孤独では

あったかも知れないが、「自分の冷たさにぞつと」するタイプとは異ならないだろうか。それは北條が、「人間らしい情愛を持たうと無意識のうちに努力」した結果であったのか。「餓鬼大将」であった少年が、十九歳になって性格を異にしたということなのか。

和田博文は、北條の最後の小説「望郷歌」に登場する、少年太市の家族の様相を北條自身のそれとの関連においてとらえ、ハンセン病療養所の中の学園教師鶏三の眼を二十四歳（満二十三歳）の北條の眼であると仮定して、逞しい推理を働かせているが、それによると、

鶏三の眼を借りて、北条は学園の子供たちを、「遊びによつて凡てを忘れ」心の傷を癒すことができる存在として描いた。それに対し太市少年は、「大勢が一団になつて遊んでゐるところ」にいたためしがなく、いつも「人の気づかぬところ」で遊んでいる。そして彼の他者に対する恐怖心と孤独は、彼の家族関係にその因が求められるのである。

さてここで「恐怖心」を「苛立ち」と置きかえてみれば、太市少年について説明した右の最後の一文は、ほとんどそのまま村での幼少年時代の北条にあてはまる。大正十年、尋常小学校に入学した北条は、体が小さかったにもかかわらず村内きっての餓鬼大将であったと伝えられているが、餓鬼大将が、自他に対する苛立ちの表徴であったことは言うまでもない。当時の北条は、太市少年と同じように本当は孤独であっただろうけれども、「恐怖心」が「苛

立ち」に変わっている分だけ外向的（攻撃的）であった。言いかえるなら、ガキ仲間で作られる独自の世界で発散せざるをえなかったのである。

（和田博文『単独者の場所』）

としている。芹沢俊介も「望郷歌」の分析から、

ガキ大将とは、言うまでもなく、少年の苛立ちの一つの表現形式である。そしてこの苛立ちゆえに少年は荒れて乱暴になり、孤立するのだ。苛立ちはここで原因不明のなにかが少年をとらえており、原因不明のために彼を悩ましている場合か、原因が判明していても適切な処理方法を見出せない場合かに生じる心的状態をさしている。

北條民雄の場合、この二つの動機が二つの段階（時期）になって相ついで脳裡に影を作った。まず原因不明が第一段階であり、次に処理不可能が第二段階という風にである。

（芹沢俊介「北條民雄（1）――入院まで」『試行』一九六九年二八号）

と記しているのは興味深い。それでは、この苛立ちの原因は何であったのか。

この地方の旧家であったという実母の実家が、まだ乳飲み子であった北條を受け入れ、三歳のときに父が京城から帰任すると、彼は、継母とともに暮らすようになった。この前後の事情につ

いては、斎藤末弘が、生前の北條を知っていた光岡良二と対談した記録があるので、以下に引く。

光岡　はいそうです。詳しい事を言いますと、お母さんが旧家の家つき娘で、ほかにきょうだいがなく一人だけなんですね。お父さんは昔で言えば入り婿ですね。だからおじいさんにしてみれば、民雄の母はその旧家の血を嗣ぐ最後なんですね。そのお母さんは亡くなってしまうし、孫の民雄とその兄さんの二人だけなんですね。

斎藤　つまり母方の家に育てられたということですね。

光岡　そういうことなんです。ですから非常に可愛いわけですね。祖父母に溺愛されて育つんです。だいたいおじいさんにしてみれば、養子に来た民雄のお父さんというのはあまり気に入らなかったらしい。お母さんの結婚も認知されるのがずいぶん後になっているんですね。やがて、お父さんは、朝鮮から帰って来て郷里に定住して、木材会社だかにつとめるんですけれども、入り婿のまま二度目の奥さんを迎えるわけです。

斎藤　つまり継母ですね。民雄にすれば。

光岡　ええ継母です。

斎藤　それは何歳ぐらいの時かしら？

光岡　大正六年にお父さんは朝鮮から帰ってくるわけですね。その時民雄はまだ三歳ぐらいですね。なんというか、片方ではおじいさん、おばあさんのそういう愛情がありますでしょう。それと、継母であるし、なかなかなつけないですよね。そういう複雑な幼児からの家庭環境の中で、愛情の飢えというか、孤独というか……

斎藤　そうですね。母親に生まれると間もなく亡くなられて、そして継母に育てられた。つまり母親の愛情を知らないで大きくなったというわけですね。お兄さんはどうしておられたんですか。

光岡　兄はね、中学を出てからか、まだ在学中にか、結核で亡くなるんです。北條が昭和四年に東京に出てくるでしょう。そして昭和六年に「アニキトク」という電報で帰るんですが、間に合わなかったわけです。兄さんは大変秀才だったようですよ。

斎藤　北條自身は学業成績はどうだったんですか。

光岡　学業成績は、今申し上げたような調子で、ガキ大将ですから、一生懸命優等生みたいに学校の勉強をしなかったから、まあ兄さんよりは成績は悪い。村の人達も兄さんは優秀だけど、弟の方はどうにもしようがないというような評判だったようです。本当ならば中学へゆけるような家庭なんですけれどもね。勉強が嫌いだと言い張って、早く社会へ飛び出したい、一人立ちしたいわけです。だから早くそういうことの出来る小学校の高等科へ行き、高等科を卒業するや否や、飛び出してゆくわけです。

（斎藤末弘『影と光と　作家との出会いから』）

北條は、一九二九（昭和四）年、高等小学校卒業直後の四月六日、四歳年長の友人とともに上京し、日本橋の薬品問屋で住み込みの店員として働く傍ら、法政中学の夜間部に通い始めた。この四歳年長の友人というのが、北條が触発されて、初めて自殺を試みるきっかけを与えた人であろう。光岡制作の年譜には、北條はこの年、『中央公論』に掲載された小林多喜二の「不在地主」に強い衝撃を受け、プロレタリア文学やマルクス主義に傾斜したが、後の北條の作品「道化芝居」のなかの登場人物、辻一作には彼の当時の自画像が、多分に投影されているようだと記されている。とすると、この年長の友人の姿は、同じく「道化芝居」の登場人物、山田に影を落としているかもしれない。

因みにこの年、北條にとっては同県出身の先輩作家でもあった貴司山治が、日本プロレタリア作家同盟に参加しているが、貴司は三三（昭和八）年四月、同作家同盟編の『小林多喜二全集』第二巻の編集に手を染めている。このとき貴司は三十四歳。北條はハンセン病発病の宣告を受けて、同年十一月、一度帰郷の後再度上京、五反田の従兄の家に寄寓しているので、そのことを記しておく。貴司はこの翌年、転向を表明した。

私は、一九七三（昭和四十八）年物故した、貴司に直接会ったことはないが、貴司の孫娘の一人が小学校の同級生だったため、当時、吉祥寺のモルモン教会のすぐ近くに住んでいた老作家の存在を、子ども心に知っていたのである。谷田匡氏は徳島新聞に在職していた頃、しばしば吉祥寺の貴司邸を訪ね、北條が徳島県の出身であることを、彼から聞いたと語った。

ところで、虚栄心の強かった北條は、全生病院入院時に自身の学歴として、法政大学の学生であると申告している。そのことは当時のカルテの記載から知れるのだが、実際には大学に入学していない。法政大学の名を用いた根拠は、十六歳当時、法政中学の夜間に通った事実に拠るものかもしれない。北條の中村光夫宛書簡に、次のような一節がある。

僕は無茶苦茶な育ち方をしましたので、外国語が一つも出来ません。子供の頃から学校を軽蔑して、中学へも行きませんでした。兄は中学へ行き、高等学校へ入ろうとした時に死にましたが、それでも満足に学校へ行っていますのに、僕は小学を出ると頭から学校を軽蔑して、社会の実生活というやつをあこがれちまったのです。家庭の事情もありましたが、学校と同時に親を軽蔑して東京へ来てしまったのです。しかし学問はしなければならぬと思いましたので、夜学に通い始めましたが、とたんに左翼に引っかかってしまって、また学校をやめて、それからは基礎的な勉強を捨ててしまいました。それが今になってたたって来て、困らされます。今更後悔しても及ばずです。あなたに不用な本が出来たら僕に読ませて下さい。

僕は実際本を読んでいないのです。

（三七年一月十三日付　北條から中村光夫宛書簡）

二十二歳の北條が、三歳年上の最も敬愛する先輩に書き送った本心と思われる。前にも記したように、中村光夫と北條の若くして亡くなった兄とは、もし生きていれば同い齢だった。

北條の東京での生活ぶりは、案外よく判っていないようだが、彼が十八歳の一九三一（昭和六）年、城東区亀戸町に転居した前後に、日立製作所亀戸工場に勤めるようになったようだ。亀戸時代の面影を伝えるものとしては、北條の「道化芝居」の次の一節が思い出される。

その時、旦那、どちらまで？　と車が徐行して来た。すると彼は急に、用のある人間のやうな声で、

「大島。」

と言つたが、自分でも驚くほど大きな声が飛び出た。それは殆どどなりつけるやうな調子であつた。大島？　なんのために？　と車が動き始めるとまた自問したが、もう自分の気持を調べるのが面倒くさかつた。ただ車は光りと光りとの間を矢のやうに走つてゐる。人間の思考なんかこの運動の前には無力なのだ。

夜の大川を渡ると、車は次第に圧し潰されたやうな家々の間に這入つて行つた。悪臭がぷ

んと鼻を衝いて来さうである。しかし細民街の近づくに従つて、気持がだんだん落着いて行つた。とは言へ、それは落着きなどといふ言葉では現はし切れぬものがあつた。もうどうともなりやがれ、と狂暴に自己を突き離した落着きであつたのである。

彼はある大きな製鋼所の裏で車を捨てた。

どこからともなく物の腐敗した臭ひが漂つて来た。彼は狭い路地から路地へとあてもなく歩き続けた。幾つも橋を渡つては、機械工場や硝子工場などの間をぐるぐると歩き廻つた。何のために歩くのか、といふ自問がひつきりなしに浮んだが、彼はなんとなくさうせずにはゐられなかつた。彼は何時の間にか亀戸に這入り込んで、電車通りを踏み切ると、吾妻町の方へ向つて行つた。あたりには、ひしやげたやうな家がいつぱい並んでゐた。彼は何年か前を思い出した。その頃も何度かこの路地を往来した。しかしそれはなんと張り切つた気持であつたことか。体全身が熱を帯びて、足の下には揺ぎのない大地があつた。しかし今はどうだらう、丸で足下の大地が潰れ、融け去つたやうではないか。このあたりは、かつて彼の活動したうちの最も記憶に残る地区であつたのである。彼はみじめな、うちのめされたやうな気持を味ひながら、しかし何かその時代の熱情が、再び体内に湧き上つて来るやうな気がした。そして彼は、長い間見失つてゐた自分といふものを、再び見つけたやうな気がした。

（「道化芝居」）

「道化芝居」に現れる東京の細民街は、四五（昭和二十）年三月十日の東京大空襲をはじめ、数次に亘る空襲の末、ことごとく焼け野原になった。いま、大島は地下鉄都営新宿線の駅ができて、団地の町という印象が濃い。「物の腐敗した臭い」は漂わないが、新しい時代の生活感は十分にある。

北條は、この亀戸時代に労働運動に傾斜し、実際なにがしかの役割を担ったようなのだが、その経緯は詳らかではない。「道化芝居」の主人公山田は、転向者として登場して、亀戸を「かつて彼が活動したうちの最も記憶に残る地区」といい、上に引用した箇所の後で、「予告映画のフィルムを見るように」かつての同志のことを回想しているところなどは、北條の実体験に裏打ちされたものかもしれない。

あまり具体的な記述ではないが、全生病院で書き綴られた北條の日記には、ときどき亀戸時代にふれた件が見られる。

久振りで見た「弁慶上使」は良かった。やはり自分の魂の中には、ああした古典の優美を愛する感情が流れているのだ。それからあの中に出て来る女中の「忍」という女の声から体つき、面影まで亀戸の君ちゃんにそっくりだったのであきれた。君ちゃんに会って見たいような気持になった。彼女はまだ例のバアに働いているであろうか。どうかすると結婚したかもしれぬ。

（三四年七月二十一日の日記）

夕飯を食ってから病室へ出かける。U兄が一号へ入室したので――。一号で暫く話してから五号へ行く。東條君と永い間語る。於泉が来る。お互に文学しようと言う。東條君も来年から散文に力を入れると言う。嬉しいことだ。

帰ると八時。暫くの間五号で語り合った興奮が覚めないのでじっと火鉢の前に坐って黙想する。佐藤君は眠っている。静かだ。久しぶりで味わうこの気持――文学を語った後の余韻とでも言おうか額の中にほのぼのと上る熱気を感じながら、あくまでも静寂な四辺につつまれる気持――亀戸時代のメランコリーに似た侘《わび》しさだ。

（三四年十二月二十七日の日記）

亀戸時代は、北條の短い人生の中でも、とくに熱い季節であったのかも知れない。ついでに記せば、光岡良二の次の回想も、若き北條が忙しなく通り過ぎた、亀戸時代の一面を伝えている。

学窓からそのまま一直線に癩院にほうりこまれた私は、自分自身の童貞のいやらしい清浄さと、そこから来る甘さを持て扱いかねていた。そんな甘ちょろさを、娼婦を買うことで剝

ぎとろうかと思っているということを、二人で散歩していて北条にいうと、彼は言下に、

「それはいい。何時でも言ってくれ。その方面では俺は先輩だから案内するよ。亀戸でも、玉の井でも」

と昂然として言った。彼は私の内部の擾乱を、わが意を得たりといったふうに、むしろ愉しげに眺めていた。

（光岡良二『いのちの火影』）


光岡はこの思い出を、二・二六事件の冬のこととして記しているのだが、ちょうどこの頃、永井荷風はその玉の井を繁く訪ない、『濹東綺譚』の構想をあたためていたのだった。時代はときに残酷な等号を思い起こさせる。

さて、北條の東京での生活は、三一（昭和六）年十一月、一時中断された。兄が危篤になり、二年半ぶりに帰郷したからである。北條は結局、たった一人の兄の最期に間に合わなかった。北條はものごころがつく前に実母に死なれ、後添えを迎えた父に対しても、長らく胸襟を開くことができずにいた。実兄の死は彼に少なからぬ衝撃を与えたはずだが、その間の北條の心理を窺い知ることができる資料は、見あたらない。ただ、北條の父に対する疎隔感情が氷解した後、すなわち、全生病院入院後になってから記された日記に、次のような感慨が記されている。

今まで幾度となく自分は無分別と無鉄砲を行って父を困らせて来た。けれど父は決して叱らなかった。そしてこんなつまらぬ僕を一個の人間として或種の尊敬を持って常に自分に向って呉れた。心の底には常に深い愛情をたたえていた。それは時に、ごくたまに眼に表われることがあった。言葉に表われることは滅多にない。唯一度兄が死んだ時、僕と父とで骨あげに行った時、その骨を小さなつぼに入れながら、

「昨日まで生きて居ったのに……のう。」

と言った。僕はこの言葉を忘れない。この言葉の最後が、どんなに深い父の感情に接続していたことか。父自身でなければ判らない。

（三四年十二月八日の日記）


北條は、翌三二（昭和七）年二月末再び無断で上京、四月下旬に徳島に帰った。同年六月、北條は文学志望者として葉山嘉樹に手紙を送り、返信を受け取って有頂天になり、それを友人に見せ歩いたりしたという。葉山は当時、岐阜県中津川の西尾家に移転していたが、七月に労農文学同盟が結成され、上京した葉山や前田河らは八月にこれを脱退して、プロレタリア作家クラブを結成した。

いよいよ文学的傾向を深めていった北條は、同年九月頃、友人と同人雑誌『黒潮』を発刊した

が、左翼的内容のゆえに警察に押収され、一号を出しただけでそれは終わった。北條は『黒潮』に「サディストと蟻」という作品を発表したというが、それは残念ながら現存していない。光岡良二は、生前の北條からこの作品を見せられたといい、新感覚派の作品を思わせたというようなことを記しているが、私はこのタイトルから、横光利一の「ナポレオンと田虫」を連想した。

同年十一月、北條は、祖母方の遠縁の親戚の娘と結婚した。北條はこのとき満十八歳、妻は十七歳であった。

田舎へ帰った民雄は定職も持たずにのらくら暮し、夕方になると村の若者たちといっしょに、自転車に乗って近郷に「よばい」に出かけるといったふうで、素行がおさまらず、祖父や父が、早く嫁でも持たせれば少しはよくなろうと考えて、親類の娘をめあわせた。ままごとみたいな夫婦であった。はじめは、そんな生活が珍しく、楽しく暮しているうちに、癩の発病さ、とそんなふうに北条は語ったものである。

（光岡良二『いのちの火影』）

自らも幼かった北條の、幼い妻との結婚生活は、実際、瞬き一つの期間にも足りないほどの短いものだった。わずか三ヵ月後の翌三三（昭和八）年二月、ハンセン病の宣告を、医師から受けているからである。破婚はすぐに訪れたのだ。

北條は、この妻との短い結婚生活を彷彿とさせる場面を、未完に終わった随筆のなかで、叙情的に描いている。

胸までつかる深い湯の中で腕を組んで、私は長い間陶然《とうぜん》としていた。ひどく良い気持だった。外は凩《こがらし》が吹いて寒い夜だったが、私は温かい湯に全身を包まれているので、のびのびした心持であった。私は結婚したばかりのまだ十八にしかならない妻のことを考えていたのである。春になったら、田植時までの暇な時期を選んで彼女を東京へ連れて行ってやろう、なんにも知らない田舎娘の彼女はどんなにびっくりすることだろう、電車や自動車にまごまごするに違いない、すると俺は彼女の腕をとって道を横ぎる、大きなビルディングや百貨店を彼女に教えてやる、すると彼女はどんな顔をして俺を見るかしら、自分の夫が色んなことを知っているということは女を頼もしい気持にするに違いない――。

それからまだ色々のことを考え耽っていると、

「お流ししましょうか。」

何時の間にか彼女が風呂場の入口に立って小さな声で言った。ひどく羞《はずか》しそうにおずおずした声である。下を向いている。私はちょっとまごつきながら、

「うん、いや今あがろうと思っているから。」

と、とっさに答えたが、実はそう言われた瞬間、私は自分の体を彼女に見せるのが羞《はずか》しくてならなかったのだ。

（中略）

私は今も折にふれてその時のことを思い出すのであるが、その度《たび》になんとなく涙ぐましい気持になる。神ならぬ身の——という言葉があるが、その時既に数億の病菌が私の体内に着々と準備工作を進め、鋭い牙を砥《と》いでいようとは、丸切り気もつかないでいたのである。私はその時まだ十九であった。十八の花嫁と十九の花婿、まことにままごとのような生活であったが、しかしそれが私に与えられた最後の喜びであったのだ。そして彼女を東京見物に連れて行くべきその春になって、私は、私の生を根こそぎくつがえした癩の宣告を受けたのである。それは花瓶にさされた花が、根を切られているのも知らないで、懸命に花を拡げているのに似ていた。

（「発病した頃」）

療友光岡良二に語った自嘲気味の言葉よりは、もっと素直な実感を伴っている。しかし、この未完の随筆は、北條の生前、人目に触れることはなかった。ここに現れる北條の姿を、前掲した創作の覚え書きの、あたかも十九歳の青年として構想された主人公と読み合わせてみると面白いかも知れない。いずれにしても、津田さんが「痛烈」といい、光岡が「傲慢」であったことを認める北條とは、またかなり印象の異なった、初心な青年の感じがよくでている。柔らかい肉に包まれた、優しい感性がそこにある。

しかし、人の運命は予測できないもので、北條の発病ゆえに生き別れた妻は、北條の生存中、それも彼が全生病院に入院した三四（昭和九）年の夏に、病死しているのである。

久しぶりの老いた祖父からの便りである。古風に筆で書かれた文に、目前に祖父を見たような嬉しさを覚える。読んでいるうちに、以前の妻であるY子が肺病で死んだという。思わず自分は立ち止って考え込んだ。あんなに得態の知れぬ、そして自分を裏切った妻ではあったが、死と聞くと同時に言い知れぬ寂しさを覚えた。自分は彼女を愛してはいなかった。けれど死んだと思うと急に不愍《ふびん》さが突き上げて来て、もう一度彼女の首を抱擁したい気持になる。出来るならばすぐにも彼女の墓前に何かを供えてやりたくも思う。死の刹那《せつな》に彼女はどんなことを思ったろうか。それにしてもなんというはかり識れぬ人生であろうか。死を希《ねが》い願って死に得なかった自分。だのに彼女は二十のうら若さで死んでしまった。

（三四年八月二十八日の日記）

日記中の、「あんなに得態の知れぬ、そして自分を裏切った妻」という件だけをとらえて、北條と妻との結婚生活に、何らかの不実があったと考えるのは、たぶん当たっていない。「ままごとのような」ほんの数ヵ月の二人の暮らしに、決定的な不実を言い募るほどの実感があったかどうかもわからないのだ。むしろ、「それが私に与えられた最後の喜びであった」と、あえかに回想するような関係であったと想像する方が自然であろう。

ハンセン病患者が、終生隔離を原則とする病院の門を潜るのは、もちろん自身の病の好転に一縷の望みを託すゆえでもあるが、それより切実だったのは、当時の厳しい世間の人々の視線だった。その視線から自身が逃れたいというばかりではない。むしろ、縁者にそれが及ばないための気遣いであった。縁者の「くらし」を守るために、患者本人は自身の「くらし」の死を選んだのだ。

けれども、自らを抹殺してしまった患者の唯一の心の拠るべとなったのは、たとえ社会的には死を受け入れようとも、縁者の心のなかにはなお、自身が生き続けているという確信ではなかったろうか。自らが犠牲となれたその代償は、少なくとも絶対的な絆で結ばれた血縁だけは、自分をその心のなかに生かし続けてくれている、という思いではなかったか。

北條にとっては養父母ともいえる祖父母や、のちに疎隔感情を氷解させた実父の心のなかには、彼はかけがえのない血肉を分けた存在として、無条件に生き続けたろうが、北條が同じ思いを、別れた妻にも抱かせたいと願望したならば、それは少し残酷な気がする。

「なんにも知らない田舎娘」のままに、北條との新婚生活を始めた妻が、ほんの数ヵ月で突然夫の恐ろしい病気を知ったとすれば、そのときの気持ちは恐れや悲しみの前に、まず〝当惑〟であったろう。実際そのとき、北條自身が、妻よりはるかに「得態の知れぬ」状態に陥った可能性は高い。頼る者とてない妻は、夫に救われるどころか、絶望的境涯を生きねばならなくなった夫に、逆に救いを求められたようなものだ。

沖合で転覆した船から、二人は大海に投げ出されて、北條に袖をつかまれた幼い妻も溺れまいとして必死にもがき続けた。そのとき、妻は北條を振り切れば、少なくとも自分のいのちだけは救うことができる。北條は、それをいっとき「裏切り」と感じたかも知れないが、結局二人に破婚以外の道は見いだせなかった。

別れた妻Y子の死は、一人だけ救助されはしたが、なお北條が海面でもがき苦しんでいる最中に、あろうことか彼女を乗せた救助船が、再び岩礁に衝突し、あっけなく海中に沈んでしまったのを見せつけられたようなものだった。

家の離れに起居していた民雄ら二人に、ついに別れの日が来た。西陽の射す中を、新妻は、足重く去って行ったという。

離れの窓を開けて坐ったまま見送る民雄に、新妻は道のはずれから深く礼をして消えた。

このときの様子を見たという老夫人は、「後で判ったが、あのときに二人は別れたんだった。二人ともええ人でした。」と懐かしく教えてくれた。

（藤丸昭「血みどろになって・北條民雄」『徳島の小説　郷土出身作家選集』解説）

湯の中で切なく夢想した凩の日から、夕景のなかに浮かび上がる二人だけの離別のときまで、しんと一本貫かれた静かな空気がある。北條の妻は、要するにそのような存在として、北條が死を迎えるその日まで、彼の心のなかに生き続けたにちがいない。

Ⅵ．全生村へ

八月の全生園は、濃密な蟬時雨に包まれていた。

北條民雄が起居した秩父舍はもはや残されていないが、その跡にハンセン病図書館が、葉陰に埋もれるようにひっそりと建っている。北條が後に自身の書斎として占有した秩父舍の応接間の傍らにあった、高さ五、六尺ほどのいろはもみじは大きく成長し、むかしながらの場所で、いまも樹勢逞しく空を覆っているが、その実生の木は近所の秋津文化センターの前に移植され、代を重ねている。そこには、「いのちの初夜」の冒頭の一節を刻んだ、北條の文学碑が立っているのだ。彼の唯一の文学碑は、作家北條民雄の、もう一つの墓碑のようでもある。

この時期、全生園にほど近い久米川の町では、阿波踊りが行われる。もう二十年も続く地域の祭りだそうだが、もしいま徳島育ちの北條がそれを知ったら、何と言うだろうか。徳島は彼にとって、帰りたくてもそれがおいそれとはままならなかった故郷なのだから。北條が全生病院に入院してきた、三四（昭和九）年七月の日記を引いて、光岡良二が記している。

そんな彼が、すぐ三日後の十六日の日記には、「自分も拙いながら踊った。笠踊り、八木節、東京音頭の三つを自分は踊れるようになった。」と得意然と書いている。もちろん傷がなおったわけでなく、傷の膝の繃帯《ほうたい》を気にしながら踊ってしまったのだろう。そしてその後には、少女寮の女の子たちの踊りの様を見て「自分は真実泣かされた。この小宇宙に生れ、そしてそれに満足して、いや慣れ切って、一切の苦しみすらも感ずることを失ってただ無心に踊っている。その可憐な容子《ようす》は実際涙を誘わずにはいない。」と多感な彼自身をぶちまけている。

北条の踊りの好きなところ、やはり阿波の風土があらそえぬ気がする。そういえば、日記の筆づかい、「痛みとてはないのだが」とか、「自分は真実泣かされた」などの口調になにか義太夫のさわりのようなものを感じて微笑まれるのである。（光岡良二『いのちの火影』）

全生病院内ではこの年も、恒例の盆踊りが行われたのである。北條の傷というのは、患者の野球チームでプレイしていて、膝にスパイクを受けたものだったが、そこがハンセン病に特有の麻痺部であったために、なかなか癒えなかった。このことが、後に彼をして机にくぎづけ、本格的に文章を書き出す動機ともなったようである。

二年後の一九三六（昭和十一）年六月、北條は自殺を決意しての放浪の末、最後の帰郷を果たしているが、このときも、阿波踊りを見ることはなかった。

北條はこの旅の後やや精神的安定を得て、翌七月「危機」を完成させるが、この小説は川端康成に「癩院受胎」と改題されて、『中央公論』の同年十月号に発表された。「癩院受胎」で、北條の作品のなかでも特に、故郷を感じさせる描写が濃厚に現れるのは、彼の帰郷と無関係ではあり得まい。

北條の作品で、もう一つ故郷への思いが切々と感じられるのは、死の年（三七年＝昭和十二年）の夏、炎暑と如何ともし難い肉体の不調のもとで書き上げた、彼の最後の小説の「望郷歌」である。この作品について光岡良二は、斎藤末弘との対談で次のように語っている。

光岡　あの二回放浪に出ますよね。死の前年です。その放浪して帰ってきた後、僕もちょっと目をつけたわけなんですけれども、なんか今までになかったものがでて来ているんですよね。人間がなんにもできないような状態になっても、生きているだけで尊いことだというようなことを書いておるんですよね。あれは確かに彼の短い作家生活の中でのやっぱり一つの転回点みたいな感じがしましてね、一番最後の作品になった「望郷歌」などにそういうものが、なんか非常に今までになかった静かに澄んだ空気というか、そんなものが感じられますね。

（斎藤末弘『影と光と　作家との出会いから』）

北條の望郷は、彼の発病以来死のときまで、彼の心の片隅を支配し続けた。

北條は一九三三（昭和八）年、ハンセン病発病を診断されて、一つ齢下の幼い妻との短い結婚生活を終えた。医師の診断は宣告であり、厳然たる運命は従容として受け入れるしかないというのがハンセン病であった。当時ハンセン病は「不治の死病」であったから、患者本人にとって、発病の衝撃ははかり知れない。

患者の恐れは、死にたいするそれである以上に、病み崩れる自らの肉体への恐れでもあった。そのイメージは、北條がのちに「いのちの初夜」で示した、いのちの再生の儀式を敢行する動機ともなった甚だ生理的な恐怖を伴っている。病気である以上、患者がひとたび発病にいたれば、その不運を嘆く以外に為す術もない。しかし、生きながらにしてその肉体が腐敗するといういかにもおぞましい病態は、ながらく業病と見なされ、後には、制度的に強制隔離されるという罪人同様の差別的扱いを受けたことから、精神的にも患者を激しく苛み続けるところとなった。

その病院は市ではかなり信用のある皮膚科専門で、院長はもう五十を過ぎたらしい人である。待つ間もなく私は診察室に通された。麻痺部を見せ、眉毛の脱落を述べると、彼は腕を組んで、頬に深く皺を寄せて私の貌《かお》を眺めた。

「どういう病気でしょうか。」

と訊いてみたが、ううむと唸るだけで返事をしなかった。私はその重大そうな表情で、もう自分の病名を言われたのと同じものを感じとった。私は自分でも驚くほど冷静であった。

「レパーじゃないでしょうか。」

と思い切って訊ねると、

「そうだろう。」

と彼は圧しつけるような重々しい声で言った。私は今その時のことを考えながら、どうして彼が、私の言葉に対して「そうだ」とは言わなかったのか不思議でならない。そうだろう、とはまことに医者らしくない言葉だからである。そうだと断定するのは残酷な気がして言えなかったのかも知れない。

「あんたの家族にこの病気の人があるのかね。」

「いや、ないです。」

「二三代前にあったという話は聴かなかったかね。」

「全然そんなことはありません。しかしこれは伝染病じゃないのですか。」

「そう、伝染だがね、ちょっと……。」と言葉尻を濁《にご》して黙った。暫くたってから、「研究中ということにして置きます。診断すると警察の方へ通知しなければならないから。」

と言って出て行った。（「発病」）

その瞬間は、ちょうど台風の目の中に取り込まれたようになって、不思議と平気でいられるものなのかも知れないが、北條がこのときの院長の表情を読みとって、自分から「レパーじゃないでしょうか。」と切り出したり、後の回想とは言え、彼の曖昧な言い方を「医者らしくない言葉」と感じたりしていることは、あまりにも冷静過ぎて、ある種の凄みすら感じる。

ハンセン病の感染が、幼児期の濃厚な接触による場合が多かったことから、家族間の伝染はあり得たとしても、二三代前にまで遡っての発病の有無について訊ねた院長の態度は、矛盾している。北條の方が、「しかしこれは伝染病じゃないのですか。」と問い返すと、彼は、医師であるにもかかわらず言葉尻を濁してしか答えなかったといったあたりに、この病気に対する、当時のとらえられ方が端的に出ている。

ともあれ、医師の「研究中」という判断は、北條にしばらくの間、大風子油の注射をその内容とする、通院治療を行わせることになった。それは、当時としてのハンセン病の一般的な治療法であったが、効果のほどはほとんど期待すべくもなかった。

うつしみゆ流るる汗は日ごと射す大風子油のにほひするかも　　伊藤保

北條は、ハンセン病発病を宣告されたその日、病院の外に出るとすぐその足で本屋へ立ち寄って、二三冊の本を買い、活動小屋に飛び込んだ。些末なことではあるが、「活動は『キートンの喜劇王』だった」と「発病」にはあるのだが、和田博文の調べでは、「キートンの喜劇王」という作品は見あたらず、「昭和八年に日活が正月興行として用意し、『徳島毎日新聞』昭和八年一月十一日号にスチールが紹介された『キートンの歌劇王』ではなかったか」と推測している。ただし、これはどちらでもいいことなのだ。なぜなら、北條は映画など見てはいなかったはずなのだから。

北條は小屋を出たところで、運悪く小学校時代の友達とばったり会い、カフェーでビールとウィスキーを飲んだが、酔いは少しも訪れない。その後、彼は家に帰る気にもなれず、海辺へぶらぶらと歩いていったのである。

けれど、病名の確定した最初の日、活動館の中で呟いた、

「なんでもない、なんでもない、俺はへこたれやしない。」

という言葉と、海辺で口走った言葉、

「ああ俺はどこかへ行きたいなあ。」

の二つはいつまでも執拗に私の頭にからみつき、相戦った。今もなおそうである。恐らくは死ぬまでこの二つの言葉は私を苦しめ通すであろう。（「発病」）

北條の「くらし」と「いのち」を行きつ戻りつするアンビバレンツな生は、このときすでに始まっていた。

甲斐のない通院治療の後、北條は再び上京し、五反田の従兄弟の家に転がり込んだ。翌三四（昭和九）年には、当時の蒲田区町屋町二四五番地に居を移している。

因みに、北條の全生病院入院時のカルテに記された本籍地は、この蒲田区町屋町の住所になっているが、ハンセン病患者を出した家の縁者への差別や偏見を危惧した北條の父が、北條独りを阿波の南方の実家の籍から抜き、新戸籍を立てさせたゆえのことである。分籍は、当時としては仕方のないことだった。それでも、縁者との連絡が可能な患者はまだよいほうで、ハンセン病患者を出した家の人間であることを、近隣の人が皆知る故郷の町を縁者が追われ、行方知れずになってしまう例も少なくなかったのである。

老父の在処《ありど》もしらに癩院に吾は二十九のとしを迎ふる

津田治子

蒲田区町屋町は、現在の大田区西六郷である。北條はこの場所にほんの数ヵ月住み、昼と夜を取り違えた「ドストエフスキーの地下生活者のような日々」を送ったという。数回自殺を企てるが、結局死にきれなかった。川端康成に私淑するようになったのもこの頃からで、手紙を送ろうとしてそれを果たせずにいた。北條は、川端の自宅近辺をさまよい歩いたりもしている。

私はある日の午後、京浜急行の雑色の駅で下車し、這い回るようにして辺りを歩き回った。もちろん漠然とではあっても、北條が住んでいたその痕跡を探すためにである。戦後何もかも変わってしまったはずであった。ただ、隣接する東六郷界隈にはいまも町工場が多く、その空気は北條の「道化芝居」のなかの世界とどこかで繋がっている。町は案外閑散としていたが、私の側を一輪車に乗った小学生の男の子が二人、器用にすり抜けて行き、ちょっと驚かされた。道路の名前は「水門通り」という。

雑色の駅前には古いアーケードの商店街があって、そこは、むかしの暗い地下街のような錯覚を起こさせた。梁の傾いた本屋がある。野菜を並べるように、雑誌類が拡げられている。

多摩川の河口。対岸は川崎である。界隈の町並みに古い時代の面影はないが、建物はだいたい零細で、軒が低く見えるのは何故だろうか。こうした印象は、おおむね海辺の町のもののような気がする。水平線の側から振り返って俯瞰できる海辺の町は、海の大きさとの比較において、人間のこしらえたものは何もかもが小さく見えるのだ。北條は、海景に望郷を重ね合わせた作家であった。

雑色から西六郷の方に歩を進めた。商店街は東海道線の踏切を渡り、そのまま住宅地の中に吸い込まれる。その両者のあわいのところに、「だがし、もんじゃ」という懐かしい看板が掛かっていた。店頭でおでんを煮る店もある。

やはり、その痕跡は何もなかった。なによりそこは寡黙な町であった。何も語りかけてはくれない。ただ、むかしも今も変わらぬものは、おそらく多摩川の流れだけであろう。

ぼくもあとについて堤防にのぼると視界がひらけ、葦の株がまだらに生えている広い河原が足もとにあって、その先には冷たい銀色のさざ波が縞模様を描いている多摩川の水面が空襲前とすこしも変らず横たわり、むこう岸の川崎方面の廃墟と手前の河川敷とを区切っていた。

（竹内泰宏『少年たちの戦争』）

河口に近いその水辺は、もう流れがほとんど確認できないほど静かである。岸にはたくさんのテトラポットが置かれている。流路はむかしながらといえども、上流にダムなどなかった北條の住んでいた頃と比較すると、たぶん水量はずっと少ないのであろう。

川はこの辺りで、ゆったりと湾曲していた。その湾曲が、このうえなく愛しいものに感じられる。北條もこの湾曲を、愛しく眺めたことはなかっただろうか。

私は、その河川敷の広い視界に満足していた。高く澄んだ空は絹雲を浮かべて、思いのほか広かった。あちこち歩き回ったので、とうに暮れかかる時刻を迎えようとしていた。東京に、いまもこんなに淋しさに包まれながら、日の入りを感じられるところがあったとは。刻々と変化する夕景。その日の空は季節ににず、朱い夕焼けにならないで、真珠色の夕映えになった。その色は川面に溶かされて、いつまでも暮れ残った。


この年、北條は、その終生の宿りとなる全生病院に入院した。

「いのちの初夜」の主人公尾田は、入院の二日前、自殺を期して江ノ島まで出かけてそれが果たせなかったが、その後に続く、「どうしても死に切れない、この事実の前に彼は項低れてしまうより他にないのだった」という感慨は、この作家のテーマのなかに、通奏低音となって沈潜し続ける。それは、「なんでもない、なんでもない、俺はへこたれやしない」と「ああ俺はどこかへ行きたいなあ」という思いとの葛藤に始まっているのであろう。全生病院に入院してから書き続けられた、北條の日記にもしばしばその名が見えるように、当時のインテリ青年たちの心をとらえていたものに、『悲劇の哲学』を著したロシアの哲学者シェストフの存在があるが、彼の葛藤にも、そうした時代の空気が濃厚に影を落としていたと思われる。

北條と義母との関係はちぐはぐなままだったし、彼の結婚と同時に別居してしまった実父と義母、そして義弟妹たち家族との距離は、ずっと埋められぬままこの頃まで推移していた。が、「ドストエフスキーの地下生活者」だった北條を救ったのは、結局実の父親であった。実父は全生病院をあらかじめ訪ね、息子の入院についての手続きを自ら行ったようだ。北條の父に対する疎隔感情は、急速に氷解していく。

駅前に三十四年型のシボレーが二三台並んでいるので、

「お前ここにいなさい。」

と父は私に言って、交渉に行った。私は立ったまま、遠くの雑木林や、近くの家並や、その家の裏にくっついている鶏舎などを眺めていた。淋しいような悲しいような、それかと思うと案外平然としているような、自分でもよく判らぬ気持であった。

間もなく帰って来た父は、顔を曇らせながら、

「荷物だけなら運んでもよいそうだ。」

とそれだけを言った。私は激しく自分の病気が頭をかき廻すのを覚えた。私は病気だったが、まだ軽症だったたし、他人《ひと》の嫌う癩病と、私の癩病とは、なんとなく別のもののように思えてならなかった時だったので、この自動車運転手の態度は、不意に頭上に墜ちてきた棒のような感じであった。が、考えてみるとそれは当然のことと思われるので、

「では荷物だけでも頼みましょう。」

と父に言った。

自動車が走って行ってしまうと、私と父とは、汗を流しながら、白い街道を歩き出した。

（「柊の垣のうちから」）


一九三四（昭和九）年五月十八日、北條と実父は、全生病院に入院するため、西武鉄道（現在の西武新宿線）の東村山駅に降り立ったのである。かつて東村山駅には、ハンセン病患者専用のプラットホームがあったというが、それは、患者たちが「お召し列車」と自嘲した病人車で連れてこられたときに使用されたもので、北條と彼の父は、他の乗降客と同じ改札を潜って、駅前に出たのであろう。自ら「まだ軽症だった」といっているように、外見的にはほとんど病気の兆しは認められなかったから、大きな荷物が二つばかりあったことを除けば、訝る人はなかったはず

だ。

「小一里」と書かれているように、東村山の駅から全生病院までは、徒歩で行くには少し遠い。二人は大荷物を抱えていたこともあって、タクシーを使おうとしたのであった。交渉に行った父は、運転手に行き先を訊かれて病院の名を告げた。

地元の運転手にとっては、おそらくさほどの驚きはなかったであろう。彼はごく事務的に、「病気の方もご一緒ですか?」と問い返す。北條の父が、「ええ」とやや躊躇しながらも正直に答えると、「荷物だけお預かりしましょう。ご病人は困ります」と、あらかじめ、そうと決まっていたとおりに告げただけなのだ。北條が、「不意に頭上に墜ちてきた棒のような感じ」を覚えるなどとは、思いもよらなかった。

この「乗車拒否」の話は印象的なので、さまざまな人がそのことに関連した感慨を述べている。たとえば、岸文雄は七〇年代、全生園に初めて光岡良二を訪ね、二人で清瀬の寿司屋へ出かけた帰り、タクシーを拾ったときの話として、「四十余年前の民雄の入院時の乗車拒否はあろうはずはなかった。『全生園』と行き先を告げたが、老運転手は快く私たちを園へ運んでくれた」（岸文雄『望郷の日々に　北條民雄いしぶみ』）と書いている。

斎藤末弘もこの件が忘れられないと、光岡良二との対談で述べている。それほどそのかみのハンセン病患者は、忌み嫌われていたのかと。ところが光岡は、次のように応えた。

光岡　それに関連して話しますと、僕が入院した時も、東村山駅で降りましてね、タクシーをひろって兄と乗ってきたわけです。僕が入園することは前もって園当局には分っているから、正門へ着きますと、係りの人が大急ぎで出て来て、帰ろうとする車を呼びとめ、何やら話していると見ているうちに、車の中を軽便の消毒器でパーッと消毒された。僕は軽かったから駅では患者だということをついうっかり見過ごしたんでしょうね。運転手にしてみれば、そのために車を消毒されて、そのにおいがなくなるまで商売できないですよ。だから、そういう被害を僕はその車に与えたというわけです。ですから運転手が忌み嫌うというよりも、そういう実害が出て来ますから、そういうことですね。きっと。

（斎藤末弘『影と光と　作家との出会いから』）

光岡良二が全生病院に入院してきたのは、北條に先立つこと一年前である。

多磨全生園に隣接するハンセン病資料館には、「全生村へ」と刻まれた、石の道標が展示されている。かつて入園者の人々は、自分たちの生活するその場所を、療養所とか、病院とは呼ばず、「村」と呼ぶのが普通であった。そこに入院するために、あるいは面会のために東村山や秋津、清瀬などの鉄道の駅から歩いてくる人は、「全生病院はどちらですか?」と、他人に道を尋ねるのがはばかられたのであろう。道標はそのことを物語る、歴史の証人なのである。

いま、ハンセン病図書館で資料の整理に当たる山下道輔氏は、一九四一（昭和十六）年、同じ病気の父とともに、全生病院に入院してきた。瓜谷修治『ヒイラギの檻』によると、そのときのことが次のように記されている。

広大な敷地をめぐる三メートル近いヒイラギの垣根、父親とやってきたこの場所が、入ればば一生出られない〝ヒイラギの檻〟だということなど、山下は知りもしなかった。第一、自分がなんでここに来たのか、本当のところよくわかっていなかった。

いま振り返っても、特別の思いでよみがえるような記憶は何もない。ただ、そのとき、父親と入った門前の酒・たばこ店「一石屋《いっこくや》」の店内が土間だった、という変な記憶だけが鮮明に残っている。

その日、山下は武蔵野電気鉄道（現在の西武池袋線）の秋津駅から行李を担いだ父親と一緒に歩きだした。三〇分近く歩き病院の正門前まで来ると、父親は突然、足の向きを変え山下を促し三叉路の角にあった「一石屋」に入った。

父親は逃げ出したかったのだ。重々しい鉄の門に「全生病院」と墨で書いた門札、制服・制帽の門衛――「二度と出られないんだ」、そう思うと、急に不安になってきた。門を入る決心がつかない。少しでも先延ばしにしたかった。

（瓜谷修治『ヒイラギの檻』）

多磨全生園正門前の三叉路は、所沢街道と西武新宿線の久米川駅に通じる道路とが交わるところとしていまもあるが、角の「一石屋」はなくなっている。「ヒイラギの檻」は短く刈り込まれて、園内は明るく見通せるようになった。そこには「全生園前」というバス停があり、久米川、清瀬、新秋津そして所沢へ向かうバスの要になっている。「全生園前経由」を冠したバスの本数はすこぶる多い。その停留所の名前は、この界隈の交通網の記号としてしか認識されなくなり、そこへ行くことに何の躊躇もなくなったが、その分、全生園の刻んできた歴史を顧みる人が少なくなっていることは、やはり憂うべきことなのかも知れない。

前掲の「柊の垣のうちから」の引用に戻ると、北條の父は、このとき全生病院を訪ねるのは二度目だったので、「道は知っている」と言って、「白い街道」を平然と歩き出した。

六十年もの隔たりはあるが、武蔵野で育った私には、五月半ばの晴れわたった昼下がり、ぽくぽくと野道を歩く二人の姿が、そこはかとない光景として目に浮かぶのである。道筋は変わっているかも知れないが、二人が歩いたところも私にはだいたい見当がつく。

「白い街道」といっているのは、関東ロームの土の色ではなくて、視界を支配する光の印象ではないだろうか。この時期武蔵野は、しばしば風にあおられて、土埃が舞うのである。細かな土埃は光を遮るようでいて、その実、妙に白っぽく光を拡散させるのを知っている。雑木林の新緑も手伝って、そこは意外な明るさのなかにあったはずである。

この季節の明るい淋しさは、毎年のように私を感傷に誘うが、「ヒイラギの檻」が刻一刻と近づく、北條のこのときの心境はいかばかりであったろうか。「いのちの初夜」の冒頭では、病院にやってきた尾田が、木立の中に太い煙突を見て、「焼場の煙突かも知れぬ」と思って気を滅入らせる場面が描かれているが、実際の北條の入院の日の心持ちは、それよりはるかに渇いた感覚ではなかったか、と私には想像されるのである。

「お父さん、道は大丈夫でしょう？」

と聴くと、

「うん間違いない。」

それで私も安心していたのだが、やがて父が首をひねり出した。

「しかし道は一本しかないからなあ。」

と父は言って、二人はどこまでもずんずん歩いた。

「お前、年、いくつだった？」

と父が聴いたので、「知ってるでしょう。」と言うと、

「二十一か、二十一だったなあ。ええと、まあ二年は辛抱するのだよ。二十三には家へかえられる。」

そして一つ二つと指を折ったりしているのだった。

一九三四年五月十八日の午《ひる》さがりである。空は晴れ互《わた》って、太陽はさんさんと降り注いでいた。防風林の欅《けやき》の林を幾つも抜け、桑畑や麦畑の中を一文字に走っている道を歩いている私等の姿を、私は今も時々思い描くが、なにか空しく切ない思いである。

やがて父が、

「困ったよ、困った。」

と言い出したので、

「道を間違えたのでしょう。」

と訊くと、

「いや、この辺は野雪隠《せっちん》というのは無いんだなあ。田舎にはあるもんだが――。」

父は便を催したのである。私は苦笑したが、急に父がなつかしまれて来た。父はばさばさと麦の中へ隠れた。街道に立っていると、青い穂と穂の開に、白髪混じりの頭が覗いていた。私は急に悲しくなった。

出て来ると、父は、しきりに考え込んでいたが、

「道を迷ったらしい。」

と言った。

腰をおろすところもないので、二人はぽつんと杭《くい》のように立ったまま、途方に暮れて、汗を拭った。人影もなかった。遠くの雑木林の上を、真白な雲が湧いていていた。

そのうち、電気工夫らしいのが自転車で駈けて来たので、それを呼びとめて訊いた。父は病院の名を出すのが、嫌らしかったが、なんとも仕方がなかった。

私達は引返し始めた。

（「柊の垣のうちから」）

いかにも北條民雄という青年の、やわらかな感受性、とくに、ようやく心のかよいあいを回復した父への思いが素直に表れていて、「癩院受胎」のなかの故郷の海を彷彿とさせる描写などとともに、私は好きな一節である。また、この描写一つだけでも、北條が、「武蔵野の作家」と呼ばれる資格が与えられたという気さえするのである。

ところで、ここに現れる父と子二人の濃密な光景について、私は、やはりハンセン病を発病し、戦後、北條とその父の〝あの日〟から二十三年の後、沖縄の国頭愛楽園に入園することになった伊波敏男の文章のなかに、どこか印象の近い一節を見いだした。それは麦畑ではなく、サトウキビ畑の道である。

しばらく行って、クワディサー（和名・コバテイシ）の下で網繕いをしている漁師に、父は愛楽園《あいらくえん》への道を尋ねる。

「この道でいいよ、しばらく行くと道は二股《ふたまた》に分かれるから、右側の道をまっすぐ行けばいい。すぐに愛楽園の正面に着くから。……面会ですか？」

礼を言う父は、漁師の問い掛けには、あいまいな返事でしか応えなかった。

漁師が言っていた二股には、一五分も歩くとすぐにたどり着けた。右側の白い道は、私の背丈ほどに伸びたサトウキビに挟まれて続いている。時折、サトウキビ畑の上をサラサラーと風が渡っていた。

父は無言のままだった。父の背中と足元を交互に見ながら、私は父のうしろを歩いた。

「敏男、兄弟がたくさんいる。……。みんなまだ、小さいから……」

振り返らずに、父はそう言った。

「はい。……」

父の言葉の意味は、私には不明だったが返事をした。この言葉の持つ真意が理解出来たのは、それから一四年経ってからである。

（伊波敏男『花に逢はん』）

不明だった父の真意は、それから十四年後、伊波の結婚を機に語られた父自身の言葉によって、ゆくりなくも明らかになった。「申し訳ありません。病気をしたわが子を一度見捨てた親です……。どんな顔を下げて、お宅の娘さんを嫁にくださいと言えますか?………。誠にすみませんでした……」。

北條の父が、よもや忘れるはずもない実の息子の年齢を敢えて尋ねたのは、いずれ退院できるかもしれぬという、薄い可能性に期待したからとはとても考えられない。本人にはそうと告げられなくとも、やはり北條の父は、その実の子を捨てに行くために、武蔵野の、麦畑のただなかに続く野道を、ぽくぽくと歩いていたに相違ないのだ。

それは、まさしく野辺送りの光景だった。父は、北條の実母との間に一人残された忘れ形見の、その〝享年〟を、改めて胸に留めるつもりで彼の年齢を確認したのだろう。やはり北條の死出の旅路に、進むべき道は一つしかなかった。

この日以来北條は、武蔵野のただなかにあった全生病院で、短くも壮烈ないのちの火を一瞬燃やし、あまりにも早い最期の日を迎えることになる。

Ⅶ．傾城阿波鳴門

見はるかす海のような空の上を、航空機は、限りなく静止しているかと思われる穏やかさで滑っていく。搭乗前の人々は、皆一様に慌しく、祭りの準備に心弾ませているときのような華やぎをすら感じるものだ。ところが、ひとたび地面を離れてしまうと、にわかに機内の空気は、日常的な静の時間を取り戻す。その一瞬のコントラストが面白いなと、いつも思う。

数年前まで私は、公私ともに海外への空の旅を繰り返していた。それがいまは、パスポートの期限が切れて二年以上が経っている。

ケニアのナイロビからナイジェリアのラゴスまで、アフリカ大陸を横断するインド航空機の窓外に、意外にも無辺大な海景が広がっていて、驚いたことがある。私の隣に、たまたま席を占めていたナイジェリア人の大学教員の女性が、「ビクトリア湖よ。広いわねえ」と声を掛けてきて、ああ、なるほどと思った。甚だ現実感のない、「なるほど」だった。

早暁、湾岸を飛んで、眼下に赤々と燃える油田の火が幾つも見えたときも、川面に浮かぶ精霊流しのような感傷が、ふと甦っただけだった。中国からの帰国便の窓の外に、島原を見たこともある。ちょうど、雲仙普賢岳の火山活動が活発化していたときだったが、その噴煙は、面相筆で点じた胡粉の滴りとしか見えない。地上の「大変」も、航空機の中からでは、鶏卵の黄身にしがみつくカラザほどにしか感じられないのが、不思議だった。

いま私が乗っているのは、国内線のほんの一時間ほどの路線だ。旅というには余りに儚い移動の途中だが、私は久々に、機内の現実感の薄い平穏を深く味わっていた。

小さな雲が、太平洋の彼方までぽつりぽつりと浮かぶ行く手の空に、突如、巨大な氷山のような雲峰が立ち塞がった。果たして、下に降りられるだろうか。

四国の上空には、しつこく秋雨前線が停滞していた。

間隙を縫って――まさにそんな感じで徳島空港に降り立つと、そこは鈍色の空の下に、不機嫌そうに静まっていた。旅の序章としては、いかにも侘しい。けれど私には、また異なる感慨もあった。

雨は北條が降らせているのかも知れない。北條の好きだった雨。北條の「雨」。ホウジョウの音は、「豊穣」に通じる。その夜は、徳島城の森が見える宿で、雨の音を聞きながら眠った。

翌朝も雨はやまなかった。

ＪＲとバスのターミナルになっている徳島駅では、傘から滴る雨水をおっくうそうに振り払う通勤者が、足早に通り過ぎていく。揃いのバッジをつけた、パック旅行のお年寄りの団体は思い思いの旅装でホテルのロビーに集まり、ファストフード店の前にたむろする、どこかおっとりとした女子高生たちは賑やかにおしゃべりをしていたりして、私は、しばらくそれらの人々をぼんやりと眺めていた。

徳島駅前から、眉山の麓へと続く道路の中央には棕櫚並木があって、そのすらりと伸びた樹幹の連なりが、南国的雰囲気を漂わせている。

一九一四（大正三）年、父の赴任地の旧朝鮮京城府で生まれた北條民雄は、母の急逝の後、満一歳の誕生日を迎える前に、母の郷里であった阿波の南方に帰ってきた。県庁がある徳島市は、同県内にあった北條の家からもさほど遠くなく、北條にとって親しい町であったようだが、彼が生きた頃の徳島は、どんな様子であったろうか。

岸文雄は、北條の「いのちの初夜」の最後に現れる、朝の「光線」が「強靱な樹幹」にさし込むという一節を初めて読んだときの印象として、その光景と重なる自身の記憶について、次のように述懐している。

それは、昭和二十年の七月、私たちの街が戦火で焼野原となった日の記憶である。今さらそのときのみじめさ、悲哀を再現しても仕方のないことだし、私としても思い出したくないことであるが、小学校四年生の私は、父母や兄弟とも離ればなれになって、ただひたすら人々の動きに身を任せて、火焔の舞い狂う中を逃げまどったのであった。確かにあの夜、むしろ明け方に近かったが、私は生と死の境をさまよっていたのであった。そして、身に迫る危険のことよりも、一刻も早く朝が来ることを祈っていたのだ。

（岸文雄『望郷の日々に　北條民雄いしぶみ』）

岸が記す、「私たちの街」は徳島市である。徳島は終戦のおよそ一ヵ月前、大空襲に見舞われたのだった。空襲の戦火は街のすべてを舐め尽くし、この街の面貌は、この日を境にまったく変わってしまった。北條が知っているのは、むろん戦前の徳島である。

日本が、明治という新しい時代を迎える十四年前の一八五四年五月三十日、ポルトガルのリスボンで、ヴェンセスラウ・ジョゼ・デ・ソーザ・モラエスという一人の男が生まれた。彼が後年敬愛したというラフカディオ・ハーンが、ギリシアのレフカス島で生まれたほぼ四年後のことである。因みに、後のモラエスのハーンへの傾倒は、ハーン、モラエスと並んでその名を私たちに

想起させる、「お菊さん」の作者ピエール・ロティにたいして、

ロティは確かに日本を理解しなかった。そして、なぜなのか。なぜなら、長崎に着いたものの、彼の感覚はオセアニアの島々の楽園のような風景と楽園のような恋ですでに興奮していたからだ。また、とくに、この愉快なボヘミアンはそれより以前すでに、何ヶ月ものあいだ滞在し、ハーレムの一女性を熱烈に愛した素晴らしいコンスタンチノープルの町の現地人地区、スタンボールの異国情調にどっぷり漬かっていたからだ。ロティは心底から恐らくトルコ人である。日本人には決してなれないであろう。

（ヴェンセスラウ・デ・モラエス、岡村多希子訳『おヨネとコハル』）

と評するのとは、明らかに異なっていた。

モラエスは、十七歳のときに志願兵となり、本国はもちろん、東アフリカのモザンビークなどでも幾多の軍歴を重ねた後、マカオ港務副司令になり、一八九九（明治三十二）年には、神戸・大阪駐在ポルトガル国領事に任じられた。もとよりモラエスは、激しい懊悩を伴う恋愛を経験して、身に秘めた文学的素養を培ってきていたが、マカオ在任のころからは、明らかにその文名が高まった。因みに、この時期の体験をもとに彼が著した『極東遊記』には、マカオのハンセン病

者についてリアリスティックに描写した、短篇「らい者」が収められている（岡村多希子『モラエスの旅　ポルトガル文人外交官の生涯』）。

花野富蔵によれば、モラエスの友人で、後にブラジル領事館員となったペドロ・ヴィセンテ・ド・コートとともに徳島に赴き、大滝山の麓の春日神社脇にある名物「滝の焼餅」を売る店で、福本ヨネと知り合ったという。このヨネが、モラエスの随筆集『おヨネとコハル』で知られる彼の現地妻で、二人は一九〇〇（明治三十三）年から一二（明治四十五）年まで、神戸でともに暮らした。モラエスはヨネを女神のように崇拝し、彼女が見知らぬ男性と接することを禁じるほど、深く愛したともいう。が、すでに五十代後半にさしかかったモラエスは、結局、ヨネに先だたれてしまった。その後、ヨネの郷里徳島が、モラエスの終焉の地になった。彼は赫奕《かくえき》たる一切の公務を退いて、四国の小都市に隠棲してしまったのである。

阿波の南方、現在の阿南市新野で生まれた作家、佃實男は、モラエスをモデルとした作品「ある異邦人の死」のなかで、

　ヨネの死んだあと、しばらくの間、永原デンという女をいれた。出雲の女だった。没落士族の娘というデンには、芸妓出のヨネとは違った気品があった。そして気品とうらはらと思えるくらい寝間のよい女だった。しかし、この女を今度はモラエスのほうが裏切った。死ん

だ福本ヨネへの追慕の比重が大きかったのだ。モラエスは徳島へ移住した。大正二年七月のことである。徳島で彼は、福本ヨネの姉、斎藤ユキの世話で家を借り、ユキの娘コハルと同棲した。コハルは平凡な田舎娘だった。しかも生涯を誓った愛人を持っていた。一つ家に暮らしながら彼は、コハルをきびしく拒絶した。かたちの上では同棲だったたし、門標も斎藤コハルと掲げたが、彼はコハルを女中と呼び、女中以上には扱わなかった。そのコハルも大正五年、二十三歳で死んだ。一緒にくらしたのはわずか三年だった。（佃實男「ある異邦人の死」）

と、この間の経緯を描出している。因みに佃は、「ある異邦人の死」で五九（昭和三十四）年、芥川賞の候補に挙がった。

ところで、モラエスが徳島に移り住んだのは、北條の生まれる前年の一九一三（大正二）年、そして、彼の没年は、北條が、満十五歳で最初に上京した一九二九（昭和四）年であった。後に、「徳島のラフカディオ・ハーン」などと呼ばれることになるポルトガルの文人外交官も、当時、そのことを知る一般の人は皆無に等しく、無理解ゆえに「ケトージン（毛唐人）」、あるいは「西洋乞食」と蔑称されていたほどであった。北條も、当時のモラエスの存在を、意識的に見ていたとは考えにくいが、はしなくも、モラエスがこの地で書き記した作品には、空襲によって焼野原になる以前、北條の幼少年時代の徳島の光景が、いくつも見いだされるのだ。

旅に疲れ、病気でいささか衰弱《すいじゃく》してゆっくりゆっくり歩いてゆく二軒屋《にけんや》の長い道沿《ぞ》いの左手に、家並におおいかぶさるように一面草のビロードにおおわれ、松の影濃い美しい山がもったいぶった様子《ようす》で聳《そび》えている。そして、その山とちかくの田畑から繁茂《はんも》する植物のいがらっぽいにおいが鋭く私の鼻をつく。創造者、変容者としての永遠の営みにいそしむ母なる自然から発散する生の神秘的発酵物《はっこうぶつ》の香気のように。

緑、緑、緑一色! ……

激しく眩惑《げんわく》するかのように不意に襲ったこの緑の印象は、しかしながら、先述のごとく、快いものであった。

事実、中国を、とりわけ中国南部を訪れたことがあり、かつ徳島にいる人なら、しばしば——自分の体験から私は話しているのだが——叫びたい誘惑にかられるだろう。「これはマカオの庭園をおもわせる。あれは広東《カントン》の横町をおもわせる」と。しかし、そのようなことを言わせるのは徳島だけではない。田園に広がっているにせよ川や水路沿《ぞ》いにあるにせよどんな日本の集落も、ヨーロッパ渡来の近代文明にまだ触れていなければ束《つか》の間《ま》であるとしても中国の風景の印象をつねに私たちに与える、と一般的に言うことすらできる。そして、実際そのとおりであるにちがいない。

徳島では、しかしながら、もうひとつの事情がこの印象をいっそう強くする。それは特殊な植物群である。たとえば棕櫚《しゅろ》の木がたくさんある。それは日本の他の地域にはないことだ。たいていの庭に少なくとも一本はある。田舎《いなか》に行くと居宅のわきに棕櫚の群落をよく見かける。バナナの木もざらにある。実はならないが、青々と繁っている。また、温暖な気候に適した竜舌蘭《りゅうぜつらん》、サボテン、その他の植物が実に多種にわたってよく見られる。これらことごとくから、アフリカとは言わないまでも中国南部の片隅《かたすみ》か、おそらくよりふさわしくはインドシナに不意《ふい》に来たような気がする。その理由のひとつは、冬期の阿波の国の気候の温暖さと長い夏の熱帯的ともいえる暑さにある。また、中国文明が何世紀にもわたってもたらしたある種の樹木、ある種の植物に対する人々の執拗《しつよう》な嗜好《しこう》にもある。

（ヴェンセスラウ・デ・モラエス、岡村多希子訳『モラエスの日本随想記徳島の盆踊り』）

雨はなおもやまないが、私の旅はまず、モラエスの故地を訪ねることから始めようと思い立ち、棕櫚の並木道を、眉山の方へ向かって歩き出した。

眉《まゆ》の如《ごと》雲居に見ゆる阿波の山かけて漕ぐ舟泊《とまり》知らずも

（『万葉集』巻六　雑歌の部）

と、万葉人に優美な呼称で親しまれた徳島西方の眉山は、本来大滝山とも言われたようだが、いまその名でこの山全体を呼ぶ人は少ない。むしろ今日では、この山の北東の裾のみを指して、大滝山と呼ぶのが普通だ。大滝山では湧水が滝を成し、この地に信仰の跡を留めた。山を背にして春日神社が建ち、傍らにはいまもむかしながらに、「滝の焼餅」屋がある。「滝の焼餅」は、米の粉を練った中に餡をくるんで焼いた、徳島の素朴な銘菓なのである。この店は花野が、モラエスとおヨネの出会いの場所としているところだが、それが事実とすれば、いまから百二十年ほど前のことになる。

春日神社の裏手には、大滝山を上る山径がついているが、小流に沿ってひといき登ったところに八坂神社の祠があり、目の前には、意外な近さで徳島の市街が拡がる。街は城跡の緑を別にすれば、ほぼ完全に、大小の方形のビルに埋め尽くされてしまった。モラエスを感銘させた東洋のまろやかな景観は、いまや望むべくもないようだ。

大滝山の東の一画は、『阿波誌』に記載のある寺町で、いまも多くの寺院が軒を連ねてはいるが、徳島大空襲で堂宇はことごとく灰燼に帰した。いま見る建物は、どれも再建された新しいものだが、その分それを取り囲む深く苔むした石の遺物が、よけい鮮やかに心に響いた。阿波に特有の青石（緑泥片岩）がある。夥しい墓石は落ち着きを感じさせてむしろ瑞々しく、長い時の移ろいのなかにしっとりと佇んでいる。

潮音寺のモラエス、おヨネ、そしてコハルの奥津城は、最近建碑されたものなので趣は乏しく、しらじらと立っていたが、やはり、そこに並んで眠る三人の奇縁には、言葉を失うのだ。私は静かに掌を合わせた。寺町の一隅には、いまも名水の錦竜水が豊かに湧いているが、かつてはこの水を売り歩く商人がいたようで、モラエスも、水瓶を覗いては、『水いります』という木札を玄関に吊しておく風習を、珍しがったという。

生前のモラエスが住んだのは、眉山に登るロープウェーの発着駅よりも南、伊賀町の一画だった。この界隈ももちろん戦火に遭って、当時を忍ぶ縁となりそうなものは何もない。しかし、

栗の実通り（引用者註　モラエスは伊賀町の「イガ」を栗の「毬」と誤解していたらしいことが、同書の訳注にある）のはずれまで来ると、老人は一瞬立ちどまり、どの道をとったらよいかためらっている風だった。右手には立派な広い通りがあり、折から何人もの人がぶらついていた。左手には、瑞巌寺《ずいがんじ》（隠遁して祈禱する寺）に通じる広場の入口の門があいている。

（ヴェンセスラウ・デ・モラエス、岡村多希子訳『おヨネとコハル』）

というモラエスの随筆の一節に導かれて、私は瑞巌寺の門を潜った。

寺の縁起は、戦国に遡る。

一五八二（天正十）年、天目山の戦いに敗れた武田勝頼方の武将、佐々木（六角）義弼が、甲州塩山の恵林寺に逃げ込んだとき、織田信長は、僧快川紹喜に敗将の引き渡しを求めたが、彼がこれを拒否したため、恵林寺に火が放たれた。快川はこのとき、その後人口に広く膾炙した大喝「安禅必ずしも山水を須ひず、心頭滅却すれば火もまた涼し」を言い放ち、火焔のなかに消えたというが、残された彼の愛弟子に、一顎という人がいた。

師の快川から、恵林寺に祀られていた観音像と天神像を託され、寺の炎上という難を逃れた一顎は、縁を頼って、遠く阿波の国にまで辿り着いたのだという。後に藩主蜂須賀公も帰依するところとなり、一顎が開山となって、この地に開かれたのが瑞巌寺であると伝えられている。一顎が快川に託された観音像は、いまもこの寺に祀られ、藩政時代は寺領二百石が瑞巌寺に与えられて保護された。

妙なる縁起を秘めた名刹にも、やはり歴史的な古建築は、ほとんど残されていない。しかし、この寺の名が今日なお光彩を放っている理由の一つには、江戸時代初期に作庭されたと伝えられる、桃山式の池泉観賞式庭園の存在がある。眉山の山麓に刻まれた隠れ谷には原生の椎の林が残されていて、そうした手つかずの自然の風趣を、庭園全体の構成のなかに巧みに採り入れた意匠が見事だ。

雨の降る初秋の朝、禅刹の古庭に立つ人は誰もいなかった。やわらかな細雨は、この庭の豊かな色感を高め、相互に馴染ませ、鑑賞者をもその中に取り込んでしまう。樹木の葉や草本、苔、池水、石組み、そして堂宇の甍までが、一連の色の階調のなかで、均衡を保っている。緑や、翠、碧、青、蒼、藍、そして灰色などさまざまな色の粒子が、相互の境界域を重ねながら、その全体としての空間を構成し、やさしい調和を産み出している。いつまでもこの空気のなかに抱かれていたい、と切に願った。

私は瑞巌寺の庭に独りで立って、ふいに、もう一つの臨済禅の古刹のことを思い浮かべていた。それは、武蔵野に創建された、野火止の平林寺である。祈り、あるいは宗教的実現の結界としての両者に、いかなる相違があるのか、私にはわからない。ただ、その境内で身に受ける自然と人工の相互作用、思いきって言えば「風土」のありようは、確かに対極的なもののように感じられた。

平林寺の広い雑木林に包まれた境内で私は、周囲の構成物に対置される自分を意識して、そこから反対に全体のなかに含まれる一部としての、「私」を感じたように思う。少なくとも意識の流れは、全体からの峻別を経て、それから包摂へと向かった。ところが、瑞巌寺の庭園に立ったとき、「私」は全体から峻別されずに、いきなり周囲に拡散していくような感覚を味わった。

「私」が拡散し、周囲の構成物と調和して、ついには同化していく。もしこれが、北條の「いのちの原郷」のイメージだったとしたら、「私」が周囲からまず対置されてしまうような武蔵野の「風土」は、さぞ淋しかったであろう。

風塵に黄ばみわたれる空の色奥武蔵野の春さだめなき

（光岡良二『水の相聞』）

北條の全生病院での療友であった、光岡良二の詠である。武蔵野の関東ローム層の土は、風塵となって悲しく空を覆うのだ。

一瞥《いちべつ》したところ徳島市は、日本の他の地方都市と異なる顕著《けんちょ》な特徴はない、と先に言った。とはいえ、こまかく調べてみると、いくつかの変わった印象を受ける。そのひとつは、そのすべての外観から発するまじりけのない高貴な厳粛な雰囲気となってあらわれている、完全に調和のとれた線、破綻《はたん》のない輪郭《りんかく》である。

（ヴェンセスラウ・デ・モラエス、岡村多希子訳『モラエスの日本随想記　徳島の盆踊り』）

私は徳島駅からバスを乗り継いで、市内丈六町の丈六寺を訪ねた。勝浦川の流れに沿ったこの辺りは、かつて勝浦郡篠原庄と称された地で、寺の縁起は白凰に遡るともいわれる。深緑の樹林と、累々たる武家の五輪塔に囲まれた観音堂に、定朝様の見事な木造聖観音座像を伝えていることからも知れるように、この寺は平安の末頃おおいに隆盛したことが偲ばれる。寺号は、この丈六仏に由来するのだ。先だって、篠原庄は、京都の仁和寺の荘であったこともあるという。しかし、寺はその後衰微の時期を経て、一四六六（文正元）年、阿波、讃岐の守護であった細川成之が現在地に再興、近世に発展する礎を築いた。

丈六寺の伽藍は吉田山の緑を背景に、明快で、清潔に全体が構成されているのがいい。重層の三門や三間四面の観音堂は、部分的に禅宗様と和様が混在しており、建築自体が彫刻的な美しさと、気持ちのよいリズムを奏でている。そこに回廊がめぐり、敷石が渡り、石林が取り囲む。観音堂の厳粛で無駄のない構図は、全生園からもほど近い、野口の正福寺千体地蔵堂を想起させる。その調和は絶妙で、危うげで、それでいて周囲から抱き込む自然の包容力に、すべて委ねきっていられる心強さもあった。雨が一時上がり、空を一片の雲がゆっくりと流れていく。

徳島駅前で岸文雄氏に会い、そのまま氏の自宅の、仕事場を兼ねた応接間を訪ねた。岸氏の自宅は、徳島市の郊外の、落ち着いた一画にあった。

氏が著した北條の評伝『望郷の日々に　北條民雄いしぶみ』はかねて読んでいたが、私は岸氏と初対面だった。しかし、北條の取り持つ縁で旧知のように接していただいたのがありがたく、私の徳島への旅は、ひときわ感慨深いものになった。岸氏との実り多い対話は、氏自らいれてくださったコーヒーの香りのような豊かさ、といえば十分だろうか。北條の話題を離れては、とくに、ドイツの旅の話などが興趣に富んでいた。

ためらいはあったが、やはり岸氏には確かめておきたいことがあった。実のところそのときに至っても、私にはその偶然をなお訝しむ思いが強かった。さまざま資料を読み漁った末、たどり着いた北條が育った家の所在についてである。

しばしの沈黙の後で、岸氏は感に堪えかねたように、

「……そんなこともあるんやな」と小さく漏らした。そして、「下大野に行くなら案内してあげたいが、私は顔を知られているので、やはり遠慮しておきましょう」と、申し訳なさそうに付け加えた。ことは、「らい予防法」が廃止されて二年ほど後である。岸氏が口にした「下大野」のその場所とは、「らい予防法」廃止前年の九五（平成七）年に、徳島県立近代美術館の江川氏に案内され、私が初めて立った祖父の生家跡の隣だった。

北條民雄の筆名で知られる、七條晃二《しちじょうてるじ》という青年が育った家はそこなのだった。

岸氏の運転する車で、話しこんでやや遅くなった昼食をとるために案内していただいたイタリ

アン・レストランへと向かう道すがら、車窓から、「阿波十郎兵衛屋敷」の場所を示す標識が見えた。そのとき、阿波の人形浄瑠璃にとりたてて関心があったわけではないが、ふと、北條が阿波十郎兵衛屋敷を訪ねていたらしいことを思い出した。それは、

久びさにて故郷を訪ね、凡《すべ》ての淋しさも苦しさも忘れ果てて数日を過しました。何時までもこういう気持でいられたらどんなに良いかと思案したりしています。

十郎兵衛の跡を訪ねたり、小松島の波止場に立って海を眺めたりしています。久し振りに食べる蜜柑《みかん》の味にも少年時代を思います。

（三六年六月二十一日付　北條から東條耿一宛はがき）


というはがきから、知ることができるのである。このはがきは、北條が死の前年の初夏、最後の帰郷を果たしたときのものだが、敬体文が親友東條への手紙としては不自然なため、当初、川端康成宛を企図して書かれたものが、のちに東條宛てに変更されたのではないか、と光岡良二が推測しているものである。何故かというと、川端宛には、

甲板に立って見ますと、はるかのあたりに淡路島が煙っています。船はやがて鳴門の渦潮《うずしお》の中へ這入って行くことでしょう。すぐ眼の下の波は、恐ろしい青さで波打っています。瀬

戸内海で投身された生田春月氏など思い浮べています。この深さは僕の体の幾倍あることでしょう。この波の青さは、言うべからざる親しみと同時に、非常な恐ろしさを持っています。潮風で寒くなりました。脳貧血が起りそうです。故里の家ももう近いです。

（三六年六月二十一日付　北條から川端康成宛絵はがき）

というはがきが、同日付で遺されているからである。文面から判断して、帰郷の往路ですでに書かれていたと思われるこのはがきは、北條が何かの事情で投函しそびれていて、前掲の「十郎兵衛の跡を訪ねた」というはがきを書いてしまった後でそれを思い出した彼が、後で書いた方を東條宛てに転用したのではないか、と考えられるわけだ。

ところで、川端宛の方のはがきにある「瀬戸内海で投身された生田春月氏」は、大正時代の著名な詩人で、その自殺は、当時、多くの若者たちに深い印象を与えたできごとだったから、北條もふと、その名を思い浮かべたのであろう。とくに、北條はこのとき、いわば死に場所を求めるような次第で旅を企て、結局その思いを果たせぬままに帰郷しつつあったのだから、甲板の上で生田春月を思ったのは、むしろ自然なことではなかったろうか。

因みに、生田春月の妻の花世は、かつて『青鞜』の同人として文名を知られた人で、夫の死後も文筆活動を続けていたが、齢六十を過ぎてからは、市民グループの人々を前にして、彼女独特の『源氏物語』の講義を始めた。いわゆる、「生田源氏」である。花世は一八八八（明治二十一）年、阿波の北方、徳島県板野郡に生を享けているが、北條がそのことを知っていたかどうかは、定かではない。

さて、話を車中に戻すと、私がそのとき、北條が十郎兵衛の跡を訪ねたらしいことを岸氏に話すと、「それでは、帰りに寄ってみましょう。私も行ったことがありませんから」と即座に言われた。岸氏が阿波十郎兵衛屋敷に行ったことがないというのは意外だったが、地元の人とは、そんなものかもしれない。実際、阿波十郎兵衛屋敷は、国道十一号線から蓮田や畑を左右に見る静かな道を少し入ったところに、拍子抜けするほどのささやかさで、ぽつりとあった。これなら、地元の人がわざわざ行かないというのもわかる気がした。

阿波十郎兵衛（板東十郎兵衛）は、言うまでもなく、近松半二の浄瑠璃「傾城阿波鳴門」で知られる人物だが、その実像は戯曲とはかなり異なるらしく、史実としての詳細には不明な点も多い。ただ、人形浄瑠璃のフィクションが生まれた背景に、無念の刑死や、家族の離散というような経緯があったことだけは、間違いないようだ。

阿波十郎兵衛屋敷では、享保の建築といわれる屋敷の佇まい、「鶴亀」と名付けられた元禄様式の瀟洒な庭などから、それぞれの思いを感得すればよいのかもしれない。資料館には阿波木偶人形が並べられていて、そこで岸氏から、名人の人形師「天狗久」のことを教えられた。

私たちが阿波十郎兵衛屋敷を訪ねたとき、ちょうど敷地内の人形浄瑠璃上演館では、芝居のさわりが演じられるところだった。上演館といっても、かつて阿波の各地にあったという、農村舞台を思わせる半野外の設えである。時折、雨のそぼ降る平日の午後ということもあって、観客は私たち以外に二、三人という淋しさだった。演じるのはプロフェッショナルではなくて、十郎兵衛屋敷民芸部というグループに所属する、若い女性たちだった。かつて、神社の境内などで演じられた大衆芸能であった人形浄瑠璃としては、これが、伝統的な演じられ方に近いとも言える。

十郎兵衛の妻お弓が、西国巡礼をしながら母を探しに来たわが子おつるに、母と名乗れずに涙をのんで追い返す、いわゆる八段目「巡礼歌の段」。あまりにも個人的な演じられ方に、少し戸惑いを覚える。観客はわずかに四、五人ほどで、舞台がささやかな分、お弓、おつるの二体の人形が、より大きく立ち現れる。お弓は、突然のわが子の出現に心が乱されるが、その思いをおつるに悟られてはならない。心情をひた隠しにして、自分を実の母とは知らない、まだあどけなさの残るわが子と、苦しく対面する母親の情愛。それが、この芝居のすべてである。抑え込まれたお弓の心理を象徴するように、人形は、舞台の後方へと身をくねらせる。その刹那に観客は、投網に捉えられたように、その世界に引き込まれていく。そうした駆け引きが、延々と繰り返される。

上演が始まって五分ほど経った頃、半野外の舞台の外では、突然雨が強まった。切れ目なく降る雨が、舞台を外界から分かち、芝居の情念の世界だけが、静かに身に迫ってくる。ざあっという雨音のなかで、義太夫の粘りのある饒舌が私の体にまとわりつき、その時間の濃度に浸されて、心地よく酔わされていった。そうだ。この饒舌には確かな覚えがあった。北條が最後に残した小説「望郷歌」のなかで、太市の祖父の老人が呟く長い台詞。

「監獄の中でもわしはあれのことを思うて夜もおちおち寝れなんだわい。かうなるのも天道様にそむいた罰ぢやと思うてわしが何べん死ぬ気になつたか誰が知るもんか。その時のわしの心のうちが人に見せたいわ。それでも、もう一ぺんあいつの顔が見たいばつかりに生きとつたが……この前来た時は監獄から出て来た日に来たんぢやが、あいつはわしに会はうともせなんだ。なんちうこつたか。わしの立瀬はもうないわい。あの日も駅で汽車の下敷になつた方がよつぽどましぢやと勘考もして見たがのう、あれが生きとるうちは死にきれんわいな。養老院へ行つてもあいつの生きとるうちはわしは死にやせんぞ……お前さんはわしが面会に来るのに菓子の一つも持て来んと思ふて軽蔑してゐなつしやろ、え、軽蔑してゐなつしやろ。菓子は持て来んでも、わしはあれのことを心底から思うとる。この心がお前さんには通じんのかい。さ、一目会はせてくれんか、わしは一目、この眼で見んことには帰りやせんぞい。たとへあいつが嫌ぢや言うても、わしは一目見たいのぢや。遊んどるところでもええ、見せてくれんかの、頼みぢや。」

（「望郷歌」）

『阿波国最近文明資料』には、

当時に人形座と称して一座を組織し各地巡業者と、又娯楽的に一町村にて組織し村社に家屋まで建設しありて村人集りて浄瑠璃を語り人形を舞して地神祭夏秋の祭礼に興行するあり之れ義太夫節浄瑠璃の盛なるを証するに足れり。

（神河庚蔵『阿波国最近文明資料』）

とあり、阿波の人形浄瑠璃は、かつて広く大衆に支持されていたことがわかるのだが、その上演のされ方には、北方と南方に多少違いがあり、それは『阿南市史』によると、

舞台の少ない徳島や県北は、藍栽培による豪農・豪商の経済力に支えられていたため舞台を必要としなかったといわれている。すなわち、掛小屋をつくり一流の人形座を招いて上演が行われた。これに対し、阿南・那賀の県南地方は、神社行事と深くかかわり、春秋の祭礼・地神祭等に氏人が氏神に人形浄瑠璃芝居を奉納するという宗教的意味から、氏子みずからが太夫・三味線弾き・役者となって、一座を組織して上演したのである。従って上演に必要な

費用も村の経費や「花」などによってまかなわれ、村人は入場無料であった。当時の舞台は、村の一大慰安娯楽の場でもあった。

（『阿南市史　第二巻』）

という事情による差であったらしい。郷土資料を繙いてみると、やはり北條の育った下大野の神社にも、阿波の南方ではざらにあった農村舞台が設けられ、彼が育った大正から昭和の初期頃にはまだ、盛んに人形浄瑠璃が演じられていたようだ。

北條にとって人形浄瑠璃は、幼いときから身近な存在で、だからこそその懐かしさを抱いて、帰郷の折に十郎兵衛屋敷を訪ねたのではあるまいか。北條の「望郷歌」という小説の題名は、当初「望郷台」とされていたものが、川端康成によって改題されたのだというが、私には、『傾城阿波鳴門』の「巡礼歌」が、意識されていたようにも思われるのである。

してみると、北條はやはり阿波の子であった。

自尊心が人一倍強かった彼は、全生病院でも多くの患者たちと親しむことができず、ときに鼻持ちならない傲慢さで他人に接した。重病室にあって寝台に横たわっていた彼に、顔見知りの女性患者が、「北條さん、お加減はいかがですか?」と声をかけると、不機嫌そうに、ぷいと背中を向けたとも言われる北條民雄。けれど、その北條の血のなかには、確かに『傾城阿波鳴門』が息づいていたのだ。私は、二十三歳三ヵ月という短い生を閉じたこの戦前作家に、改めて痛ましい思いがわき起こるのを禁じ得なかった。

岸氏と阿波十郎兵衛屋敷を出ると、先ほど以来の驟雨は雨足が弱まり、時折日が射す天気雨になった。

国道十一号線を徳島市街に戻る途中、吉野川大橋を渡った。ここ数日の秋の長雨で、四国三郎といわれる吉野川の河口付近は、河川敷がなくなり、一キロを超える橋の幅一杯に、茶褐色の水が満ちている。日本にもこんな大河があったのか。私は、上海の黄甫江遊覧船で河を下り、突如目の前に長江が広がったときの感動を思い返した。そういえば、徳島の旧名といわれる渭津も、いま目の前にたおやかに稜線を曳く眉山も、どこか中国風の名前だ。

しきりと降る細雨が、天気雨特有の日射しを拡散させて、白い光のなかに眉山の影を浮かび上がらせた。このように明るく、やさしい雨を見たのは初めてだった。私はいよいよ、北條の「いのちの原郷」に近づいたことを強く感じた。

Ⅷ．白き海光

徳島県の中に、北方と南方という二つの地方色が存在することは、他県の人にそれほど知られていないのではないだろうか。けれどこのようなことは、日本列島の地勢が複雑に入り組んでいて、また、藩政時代までの「くにざかい」が、明治以降の県境と異なっている場合などに当然起こり得ることとして、私には興味深い。ただし、藩政時代の阿淡は、近世と近代のあわいで起こった庚午事変の結果、兵庫県に編入された淡路島を別にすれば、ほぼ、現在の徳島県の範囲に等しい。

他県の例をとれば、福島県には、浜通り、中通り、会津という三つの地方色があり、その風土に培われたそれぞれの文化が、彩りをもって存在している。福島県を語る場合には、三者の相違を無視できないし、その総体としての意味に注目しなければならない。青森県には津軽と南部が存在し、たとえば太宰治が、青森の作家というよりは、断然津軽のそれであるというのと近い意味で、私は、北條民雄が阿波の南方出身の作家である、という事実に、少しくこだわってみたい。

二つの地域を生業からとらえれば、北方は畑地が多く、特産品として有名な工芸作物の、藍作を主体とした商業的農業が盛んであった。阿波商人という、固定的イメージもある。悪く言えば、阿波の北方の人は功利的という見方があった。農民も経済に明るく、進歩的で、独立した農業経営を行ってきたのだ。

南方という言葉は、要するにその反対をイメージさせるようだ。若き日の空海が修行の地としたという、四国霊場第二十一番、名刹太龍寺のような信仰の山に抱かれた、恵みの土地。阿南海岸からは多様な海の幸が恵まれ、那賀川平野では、その温暖な気候を利用して米の二期作が行われ、うねうねとまろみのある小山は、北條が繰り返し懐かしの故郷の象徴として語った、蜜柑、栗、そして筍などを産する。実り豊かな土地は、この地方の人々の誇りとするところだが、彼らは現状に不満を覚えない分保守性が強く、ある意味では、因習的ともいえる。

地方色とか、地域性は、具体的に証明できるものではない。それ自身は不可視だ。相対的なイメージであって、実際には、いくらでも例外がある。けれど、それがある傾向として看過できない場合には、その土地の空気となる。土となって根付いていく。だから、風土というのだと、私は考えている。

ドストエフスキーやフローベールに親しみ、きびしく自己の生と対峙した北條民雄。文学の本道に生きようとした彼には、おそらくこの阿波の南方の風土は甘すぎたことだろう。その意味では、彼が土に還った武蔵野の方がよい。国木田独歩や徳冨蘆花、上林暁らの嗜好に結びついた武蔵野は、日本の風土のなかではややロシア的な、ドライで酷薄な傾きにあったかもしれない。北條が望んだ文学の圃場としては、武蔵野の方がより相応しい。それでも北條は、阿波の南方という故郷を、やはり懐かしんだ。

私は、北條がもしもっと長い文学的な生を生きていたら、あるいは、より大衆的な作家として立っていたかもしれない、と夢想することがある。彼の最後の小説の、「望郷歌」にはその萌芽が見られるようにも思われるのだが、その芽は、彼の肉体の死によって、無惨にも摘み取られてしまった。

ともあれ、北條は蕭条と雨の降る、淡く優しい故郷を懐かしんだ。けれどその一方で、その保守性、因習的傾向を強く忌避してもいた。繰り返された彼の出郷は、その表れだろう。もちろん、ハンセン病発病の後は、当時、険しい差別の逆風のただ中に身を晒さねばならなかった彼の病気という要因が、もっとも大きな力で、北條を故郷から引き離したに違いなかったのだが。

八世紀の『国造本記』には、成務天皇（四世紀中ごろ？）代、千波足尼《ちはのすくね》が粟の国造で、韓背足尼《からせのすくね》が長の国造であったとの記述が見られる。大化改新以前、阿波は粟と長という二つの「くに」に分立していた。平安末の木造大己貴命《おおなむちのみこと》立像、木造男神立像などを安置する延喜式内社の、阿南市長生町の八鉾神社は、長国造の祖神を祀った社であるといわれている。

「海人《あま》」、「海女」、「白水郎《あま》」、「潜女」、「蜑」などと呼ばれた古代の漁労民は、大和朝廷の支配が確立しつつあった四世紀頃、海部《あまべ》という部民《べのたみ》に組み入れられていったが、古代、阿波の南方の海岸は、『阿波国風土記』逸文に示される、海上交通の要衝「关湖《さきのみなと》」などを擁して、その海部の拠点が置かれたところでもあった。ずっと下って、文化頃成った『阿波誌』巻之十一「那賀郡」の建置沿革の項を繙いても、

海部昔此郡に属し郷たり後分て二郡と為す慶長中、那東那西海部三郡と為す凡十三郡、寛文四年那東那西を合して一郡と為す元禄中村凡そ八十八、今分て百四十二と為す

（佐野山陰『阿波誌』）

とあって、那賀郡がそもそも海部の郷であったことを示している。これは『和名抄』にいう、那賀郡八郷の内の「海部郷」より、広い意味で解すべきものなのだろう。

因みに、那賀郡、那賀川の「那賀」は、古代の「くに」の長と同音であって、その領域を重ね

合わせて認識されてきたようだ。同書「那賀郡」土産の項に、「稲此郡最も多し」の記載の後、延々さまざまな海産物が列記されていることからも、那賀郡が海洋文化圏にあったことは強く印象づけられる。

ところで、『日本書紀』允恭天皇十四年の秋九月の条には、比較的人口に膾炙した「海人男狭《おさ》磯《し》」の記載があるが、その大要はこうである。

允恭天皇が淡路島に狩した折、終日一獣も獲ることができなかったが、島神の託宣は、赤石の海底に真珠があり、その珠をわれに祀《まつ》れば多くの獣を得るであろうというものだった。そこで天皇は、各地の海人を集めて赤石の海に潜らせたが、深くて誰も海底に達することができない。ところが、阿波国長邑《ながのむら》の男狭磯という海人だけは腰に縄をくくりつけて海底まで潜ると、そこには大鰒《あわび》があり、光り輝いていた、と報告した。諸人は、島神が求めている珠はそのあわびの腹にあるにちがいないと言い立て、男狭磯は再び海に入っていき大あわびを抱いて浮かび上がったが、遂にそこで絶命してしまった。縄を下ろしてその海の深さを測ってみると、なんと六十尋《ひろ》(約百メートル)もあったのだ。また、あわびの腹には桃の種ほどもある大きな真珠が現れ、これを島神に祀ったところ多くの獲物を得ることができた。ただ、男狭磯が海に入って死んだことは悲しまれたので、墓をつくって厚く葬った。その墓はいまもなお残っている。

記事中の、「赤石」をどこに比定するかについては、現在の徳島県小松島市、立江川河口の赤

石とする説と、兵庫県の明石とする説があるらしいが、ここでは立ち入らない。ただ注意したいのは、男狭磯の記事にある、

> 海深不能至底。唯有一海人。曰男狭磯。是阿波国長邑之人也。勝於諸白水郎也。
>
> （『日本書紀』）

の、「阿波国長邑」という記載だ。「阿波国」は、この記事を所収する『日本書紀』が成立した奈良時代にはもちろん誕生していたが、大化改新以前、男狭磯がいたとされる五世紀前半の允恭天皇代には、まだ存在していなかったことになるからだ。

古代、血族集団は拡大して邑を成し、それが少しずつまとまって「くに」が成立していった。そのため大化改新以前には、「国」と「邑」の使い分けが、必ずしも厳密に行われなかった時代もあったという。「阿波国」が『日本書紀』成立の時代の追記であったために、「阿波国長邑」という表現になったのかも知れないが、いずれにしても男狭磯は、長の国の人であったことはまちがいないだろう。

男狭磯がいたとされる時代の、長の政治権力のありようについて、大和武生が、

この前後の遺跡について見れば、旧富岡町に属する日開野の皇子山古墳群、椿町の舞子島古墳群、桑野町内原の国高山古墳、長生町の八鉾山古墳群など比較的な小型の古墳が市内（引用者註　阿南市内）に分散しており、この地全体を宰領するに足る大豪族の存在は疑わしい。地味の豊かで生活のし易い阿南の地では、日常の生活に満足してより大規模な権力への指向が生れにくかったのであろう。生活条件の厳しい美馬郡に段ノ塚穴という県下最大の古墳があることを対比させると生活条件の悪さと権力誇示の相関関係が浮び上がってくるのでないだろうか。

（大和武生「阿南文化の特徴」『徳島の文化』第三号）

と推測しているのは興味深い。現在の阿波の北方、南方の地方色が、大化改新以前の粟、長分立に由来するとはいわないが、それぞれの風土の特色は、この二つの「くに」の権力構造に影響を与えたかも知れない。

因みに舞子島古墳群は、かつて火打石《ひうちいし》が掘り出されたという燧崎《ひうちざき》の沖合い九百メートルに浮かぶ無人島、舞子島にあり、〇・三平方キロほどの小さな島にこれほど多くの古墳があるのは、全国的にも珍しいということだ。古墳の規模は小さくても、その内容は豊かである。

阿波三峰の一つ、津峰《つのみね》山頂にある延喜式の小社、津峯《つのみね》神社は、かつては賀志波比売《かしわひめ》神社といい『名神序頌』によると、そのむかし、山麓の檲原村から現在地に遷座されたという。『阿波誌』「那

賀郡」祠廟の項には、

賀志波比売　延喜式亦小祀と為す水潟村南津峯に在り今津峯権現と称す旧北麓に在り林木蒼然、古松一株、其大さ比なし昔時封田若干あり古事記に云ふ羽山戸神、大気都姫神を娶り夏高津日神を生む、又の名夏之賣神、或は曰く恐くは鹿葦津比売命

（佐野山陰『阿波誌』）

とあるこの古社が、海人の拠った長にあって、海上安全の守護神とされてきたことは想像に難くない。津峰山は、標高こそ二百四十八メートルのささやかな盛り上がりに過ぎないが、その優しく整った姿はどこか飛鳥の国見の山を思わせ、海岸から遠くないところに望まれる山容は、確かに船人の目印とされたことだろう。

私は、見能林からの自動車道「津峰スカイライン」ではなく、阿波橘駅のすぐ近くから始まる、徒歩の径を辿った。津峯神社の鳥居や、石の道標が信仰の山の面影を伝えている。国民宿舎津峰荘の建物が見える山頂は指呼の距離だから、登山の心構えは何も要らないが、初秋の湿度の高い日とあって、たちまち体から汗が噴き出した。辛うじて雨は上がっていたが、爽快な山歩きとは

いえなかった。

径は登る一方で、ときどき背後を振り返ると、「阿波の松島」ともいわれる橘湾の小島を抱いた静かな海が、絵のような構図で見下ろせる。山頂に歌碑がある紀貫之の詠は、

橘の浦の夕凪潮ささば伊島の沖ぞ遠くなりゆく　紀貫之

で、そこが、『土佐日記』に連なる景勝であることを、改めて知った。

ところが、紀貫之の、多分に主情的観察が水平線の彼方へと拡がっていくのにたいし、今日、津峰山の頂から遠望する橘湾の海景には、およそ不調和な垂直線が、強引に一本描き足されている。火力発電所の煙突。その施設の役割が、地域の人々にとってどれほど大きなものであるかは理解に難くないが、この景観にはやはり、痛ましいような違和感を覚える。

津峯神社は思いのほか小さな社だが、境内が清浄で明るいのが好ましかった。私の他には、たまたま休校日にでもあたっていたのか、小学校低学年くらいの子どもが二人いる家族連れが一組。平日の境内は、取り残されたように静かだった。鳥居の前に二、三軒並んだ古い茶店は、今日はどこも雨戸を立てている。

リフトを使って国民宿舎の方へ降りると、徒歩では下山できなくなってしまう。結局私は、も

と来た径を下りることにした。

神社ののんびりとした境内や、遠望した海の明るさに比べて、径は木々に覆われて薄暗い。往路が登り一本調子だった分、帰りはひたすら下りていくだけだった。

足下だけを見つめて歩いていたそのとき、私の前をふいに横切ったものがある。初めはそれが何ともわからず、目に飛び込んできた、血のような赤さだけが酷く印象に残った。その色は、そのときもっとも意外な色だった。自然にある色としては、想像もしていなかったほどの鮮やかさだった。

叢に飛び込む寸前に、やっと確認できたその赤さの正体は、案外大きな鳥だった。赤は、その体のほんの一部に過ぎない。私はそのとき、生まれて初めて野生の雉を見たのだった。


海を見てみたかった。

阿波の南方の海は私の祖父の故郷の海だから、私にとっても懐かしく、優しく在るべきだった。海に収斂されるものは、もちろん「いのち」である。

牟岐《むぎ》線の見能林駅から東に歩き出すと、道路は農地のただなかに出る。護岸工事がなされた小流をはさんで、農道が碁盤の目のように縦横に延びていた。景色はある意味で人工的だが、路傍の曼珠沙華やコスモスは、当たり前のように、風に揺れて咲いている。

花の色が、武蔵野のそれより少し淡く感じられるは、気のせいだろうか。北條は阿波の南方でそだち、武蔵野で死んだのだった。もしかすると、それは光のちがいであるかも知れなかった。阿波の南方の光は影の奥にまで拡散して、ものを淡く浮かび上がらせるようだ。武蔵野には、ただ影がある。雑木林では影のなかに、光が筋になって射し込むらしかった。全生園ではそうだった。

私の進む背後には、国見の山の津峰山がこちらを向いている。それは親しみのこもった山の顔だった。

道路はようやく、わずかな人家と松の林が続くところに行き着いた。海は意外にも、なかなか気配を現さなかった。海水浴の季節はすでに過ぎ去っていたので、そこは侘しい日常の佇まいに戻っていた。何故だかわからないが、私は徳島に来てから初めて、風景を侘しく眺めていた。

雨が小降りになると、彼は北口の窓を開いて外を眺めた。幾重にもかさなり合つた雲が襞《ひ》積《だ》を作つて低く流れ、濃灰色に覆はれた空全体がうごいてでもゐるかのやうである。遠くに柊の垣が望まれ、その向うに果てしなくうち続いた雑木林が薄白く煙つて、静かな風の流れと共に徐々に北へうつつて行くやうに感ぜられる。薄墨の日本絵を見るやうなさびと愁ひを、成瀬は感じながら、ふと雨の多い自分の故郷に遊ぶ思ひになつたのである。早くから田舎を捨てて東京生活を続けて来た彼には、めつたに故郷の風物など思ひ出すことはなかつたのであるが、この日はどうしたのかふつと少年時代の楽しさなどが次々と心の中に蘇るのだつた。

窓の外はすぐ植込になつており、厚く葉を繁らせた楓や、さつき、檜、もくれん、遠くからでもはつきりと葉脈の白く見える鈴懸などが、雨に打たれてぷつぷつと呟くやうな音を立ててゐた。地面にはうつすらと苔がはんで、木々の葉末から滴たる雫がぽつんぽつんと花のやうに散つてゐた。枝々をつたつて落ちて来る雨は、太い幹にあつまつて地面に流れ、小さな水流をつくつて低まつた地点へなだれていつた。海に近い四国の寒村に育つた彼は、まだ七つか八つの少年の頃から、荒々しい海の呻きと、蕭条と林の中に降る細雨の美しさとを、同時に強い印象として記憶の底に沈ませてゐた。兎のやうに、小さな、まるまるとした体で、パンツもつけずに駈け廻つたのもその頃のことである。頭から雨をかぶり、跣《はだし》になつて水溜りや浜辺を走り廻るのが、ただもう無性に痛快であつたのだ。

（「癩院受胎」）

いま、秋雨前線が上空に停滞しているとは思えないほど、松林の先に姿を現した海は、静かに凪いでいる。それはわずかに暖色を帯びた、白い海だった。

国司としての任期を終えた紀貫之が、土佐から再び京へと上って行った海上の道。源義経が暴風雨を冒して、摂津渡辺浦から渡ってきた険しい海。いや、それ以前に、男狭磯をはじめ多くの海人たちが各地から訪い、勇躍船出していった海が、いま目の前に拡がっている。

海はときに猛々しく行く手に立ちはだかるが、人はその海の向こうへと旅することを決してやめなかった。海はいつの時代にも、人に未知ということを端的に示した。未知が人の心を揺さぶり続ける以上、その人にとって未知は、実相を予測できない目標となってきたのだ。

北條の体には、はたして海人の血が流れていただろうか。海人は未知を目標として、旅を行うことができた人たちだった。だが、未知という目標をもつことができるのは、本来人が生きているという証でもあろう。人が生きるということは、やはり未知を目標とすることに違いなかった。

人は「くらし」のなかで、ひととき、生きることの未知を忘れることがある。北條は、慈雨の降り注ぐ故郷の「くらし」から引き離され、そこで「いのち」という未知を、まざまざと見つめなければならなかった。北條は、「いのち」という未知を、目標として生きなければならないことに気が付いていた。それは、もちろん容易いことではない。北條はそのために、しばしば降りしきる吹雪のなかに、ただ独り立ちつくしたのだった。

北條は、「いのち」と「くらし」を往きつ戻りつしていた。やはり、実相が予測できない「いのち」という未知を目標とすることは、限りなく困難なことだった。未知は未知として彼の心のなかで火を灯し続け、依然としてそれは、目標にはなり得なかった。目標をもてない、あるいは、目標をもたない旅。私の胸の裡に、「補陀落渡海」ということばが突如浮かんだ。
しかし、北條は「補陀落渡海」のように生きることもできなかっただろう、と私は思う。それは理屈ではなくて、北條の本質的な生き方の問題だった。行き場のない悲しみが、北條を包んでいく。

ハンセン病者へのいわれなき差別は、往昔からさまざまな相をとって、今日にまで引き継がれてしまった。私たちがむしろ看過してはならないのは、近代以前の差別では、病者はたとえ理不尽な扱いを受けようとも病者以外と同じ一つの社会を構成していられたが、明治以降のそれは共生を前提としていないということだ。隔離という政策のもとに療養所に「収容」されたハンセン病者は、社会的に抹殺され、病者自ら抹殺されることを冀《こいねが》うことが、それだけで完結している「外」の世界の〝らい撲滅〟という大義を実現することだ、と信じこまされたのだから。それは結局、全体のための個の抹殺という究極的な犠牲を、抹殺される本人にさえ奨励する、おぞましい差別の構造である。

澤野雅樹の指摘のように、この構造は、近代日本がそのテーゼとした「文明開化」の陰画でもあった。

他殺と自殺が対になって奏でる死の二重奏、それは癩病にとっては二次的だが、彼らを追いつめた近代日本にとっては本来的なのである。やがて、この二次的な余波により「近代日本社会」を定義する機会が訪れることだろう。

二重化された死が患者の執拗な生命を取り巻くと、彼らの時間は半ば停止する。半ばといったのは、次第に症状を悪化させる病気の時間があり、ゆっくりと老いの過程を歩む生物学的な時間が残っているからである。癩者は、二つの緩慢な時間の中に投げこまれ、そこで死者の余生を暮らすことになる。おそらく、その余生は苦痛に彩られ、死への衝動によって埋め尽くされたことだろう。

（澤野雅樹『癩者の生』）


多くのハンセン病者は、もちろんこの国家的スローガンに共鳴しないし、その遂行に納得さえしていなかったろう。にもかかわらず、そうした理不尽に抗い得なかったのは、結局、縁者、家族に災いが及ぶことに耐えられなかったからではないか。家族との縁を絶ちきることのみが、自らを除いた他の家族を生かす途であったのだ。

療養所への「収容」が本格化する以前にも、くにを捨て、家族を捨てて、行路病者になるハンセン病者は少なくなかったという。そして、そうした行路病者のなかには巡礼者となって、「へんろみち」を辿りながら、四国霊場を巡った人たちもいた。徳島の北條のふるさとは、もちろん巡礼者の多い土地柄である。彼も行路病者を子ども心に見る機会があり、多感な日々に何かを感得していたかもしれない。それはやはり、陸の「補陀落渡海」の姿と感じられただろうか。

ふと気づくと蜜柑の木の下に立っている。見覚えのある蜜柑の木だ。蕭条《しょうじょう》と雨の降る夕暮である。何時の間にか菅笠を被っている。白い着物を着て脚絆をつけて草鞋を履いているのだ。

（「いのちの初夜」）

ある札所の寺で、思いがけなく、私はそれに出会った。

本堂は、村が一望できる小高い山の斜面にあった。修復されたばかりの真新しい屋根には濃い緑の杉の枝が垂れ下がっていた。

長い石段を一気に駆け上がったため、まだ膚寒い季節だというのに、全身はたちまち汗ばんでいた。

一息入れて、人影の切れた本堂に入ったとき、私は、それを見た。

人が入ると、もう立つことも横になることもできぬほどの、小さな木の箱であった。風雨に随分とさらされてきたのであろう、屋根などは指で圧せばたちまち壊れてしまうほどに、痛んでいた。回りの板は、子どもがでたらめに打ちつけたように釘のあとが生々しく残っている。

さながら乳母車のように、四つの輪のついたこの小さな木のくるまのことを、人はいざりぐるまと呼んだ。足が不自由で歩けない巡礼者は、この箱に入り、人の好意を心の頼りとして、札所から札所へ巡ったのであった。四つの輪は朽ちて外されてはいたが、まさしくいざりぐるまであった。祈願成就し、病癒えてこの寺に奉納されたということだが、その真意はわからない。

私は、それを見た瞬間、幼少の日のかすかな記憶を思い起こした。昭和十六、七年のことであったろうか。

（中略）私にも読める字で、オシテクダサイ、といった意味のことを書いた木札が箱にぶらさげてあったが、どうやら太鼓橋が渡れずに、ここに置かれたものだということは、後になってわかったことである。

私は、その木の箱に本能的に恐怖を感じていた。しかし、本当に恐怖を感じたのは、祖母にそのときひどく叱られたからであった。耳とか鼻、手や足が腐って落ちる怖しい病人が中に入っていて、触ればうつる、と聞かされた。祖母から、かったいという言葉を教えられたのもこのときであった。

（岸文雄『望郷の日々に　北條民雄いしぶみ』）

私は、徳島市で岸氏に会ったとき、敢えてこの霊場の所在を尋ねなかった。何故だが説明がつかないが、この「いざりぐるま」には、自力で辿り着きたいと思った。

私は海岸を後にして、再び牟岐線の駅に戻り、日和佐方面行きの列車に乗って新野駅で下車した。『阿波誌』では新野を荒田野としているが、そこは、古くからの村落である。いまは県立高校もあるが、駅周辺は商店らしきものもほとんどなく、ひっそり閑としていた。

かわいらしい駅舎を出て西の方へしばらく行くと、進行方向左側に山を背にして工場があり、そのすぐ近くに大ぶりな石碑が数基建っていた。そのうちの一つには、「長尾帀吉翁碑」とある。長尾は、一九二七（昭和二）年から五期二十年、当時の新野町の町長を務め、新野駅の開設や、新野高校の新設などに功績があった人物であるということだ。こうした町の発展は、その土地の人々にとっては暮らしに直結したできごととして、顕彰して余りある功績であったろう。

長尾が町長をしていたこの時期は、二五（大正十四）年、新野に生まれた作家の佃實夫が病弱だが多感な少年時代を過ごし、やがて、「新しき村」に参加したことでも知られる近くの由岐町木岐出身の農民作家、悦田喜和雄に影響を受け、文学を志した頃と重なる。「新しき村」と鉄道の駅の開設。佃の目にこうした変化は、どのように映っていただろうか。

それにしても、この道すがらの景色はいかにも長閑で、気持ちがゆるゆると和んでいく。取り囲む山に険しさがなく、広々と水田が拡がるそのなかを、桑野川の流れがおっとりと縫っていく。そして、集落の中心は駅の周辺ではなく、駅からの道が阿波福井方面へ延びる道と交差する、桑野川の畔であることもわかった。

平等寺　荒田野北村山麓に在り昔大伽藍たり天正中兵火に罹る南に浮居あり東に蓮池あり西に護摩場あり其址或は存し或は亡ず薬師像を安ず今正福寺に隷す［浮屠は寺又は塔］

（佐野山陰『阿波誌』）

新野の集落の北側で桑野川に架かる小さな橋を渡ると、目の前に平等寺の門が見えるはずだったが、私が訪ねたときは、ちょうどその橋が改修工事中だったので、手前の大きな橋を渡り、川沿いに横手から寺を目指した。門は意外な大きさで近づいてきた。石段は急がず、できるだけゆっくりと登った。老人も多い他の巡礼者と足並みを揃えるのが、その場合の礼儀と思えたからだ。

本堂が背にして建つ山の斜面は、地盤が緩んでいたためか一部が崩落し、本堂背後の回廊を破壊していた。私がこの寺を訪れる数日前、発達した秋雨前線はこの地方に大雨を降らせ、そのときまだ、徳島県下では鉄道が部分的に不通になっていた。

堂宇は歴史を身に纏い、木材の表面は寂びた色をしていたが、土砂を受けて折れ、あらわになった傷跡は、明るい、生々しい色をしていた。痛々しいというより、官能的な光景だった。巡礼者は破壊された回廊に気が付くと、一様に、ああ、というような低い声をあげるのだが、やはり何故か見苦しいもの、見てはならないものを見たというような素振りをして、目を伏せてしまう。いずれこの傷は手当されると思うが、そのときこの生々しく官能的な色は、また寂びた色を纏うことができるだろうか。

本堂内の左手に、確かにそれはあった。「いざりぐるま」。それもまた、他に人がいるなかでは、凝視することが何となくはばかられるものだった。中に人が乗って旅したということからすれば当然ともいえるが、「いざりぐるま」は、私が想像していたよりは、かなり大きなものなのだ。その存在感は、やはり生々しすぎた。

霊場という聖地では、巡礼者は何にでも手を合わせ、祈りの対象とする。御仏や経典や堂宇などはもちろん、境内に咲く野草の花や湧き出す水、巡礼者の足で踏み固められた土や砂までもが、特別な存在になる。霊場で、手を合わせることに躊躇させられるものを示されるのは、まったく残酷なことに違いなかった。

「いざりぐるま」は、祈りの対象になるほどには、風化も聖化もされてはいない。「いざりぐるま」はなお人の領域で、その悲しげな想念を発散させながら、所在なさそうに聖地のなかに息づいていた。

器《うつわ》より発《た》つ尿臭か熱臭かにんげんの臭《にお》いは侘しきものぞ

ふるさとびとに所在不明となりしまま今に続けりわれの閲歴

（光岡良二『水の相聞』）

Ⅸ．粗い壁

記録に拠れば、この年の二月、東京は三度も大雪に見舞われている。

〝この年〟といったのは、北條が「間木老人」に続く小説第二作の「いのちの初夜」で「文學界賞」を受賞し、文壇での成功を確かなものにした、一九三六（昭和十一）年のことである。

大雪が降ったのは、四十九年ぶりのそれで通信、交通機関が麻痺し、停電で暗闇と化した街では、帰宅できなくなった人が歌舞伎座などの劇場に泊まり、炊き出しまでしたと伝えられる四日。そして、雪の多さでは、四日の記録をさらに塗り替えるほどの降りになった二十三日。最後は、大雪のなか青年将校およそ千四百人が挙兵し、各所で重臣を襲撃した、あの二十六日である。そのほかの日にも若干の降雪があったので、二・二六の年の東京は、たいへんな雪の当たり年だったようだ。

前にも記したように、川端康成が「いのちの初夜」への「文學界賞」授賞を知らせてきた手紙を、北條が受け取った日も大雪だったが、それは川端の書簡の日付から見て、同年一月二十五日のことであったようだ。この日の、北條の狂喜のほどは、たいへんなものだった。

北條はこうして翌二月、二日間外出して、当時「文學界」を発行していた東京の文圃堂を訪ね、編集者の式場俊三に会っている。「文學界賞」の賞金を受け取るのが、その目的であった。この外出は、光岡良二の推測に拠れば、脱柵による秘密裡のものである。当時のハンセン病療養所にあっては、脱柵外出が露見すれば監房に押し込まれる覚悟が必要であったが、正式の外出許可を取ることは、よしやできたとしても官僚的に手間暇のかかることだったので、一日二日のことならば脱柵を試みるのが普通であったという。光岡は監房送りのリスクについて、「敏捷な北條のこと、そんな心配は万が一なかった」（『いのちの火影』）とも書いている。

当時の脱柵の記憶については、全生病院での生前の北條を知っていた津田せつ子さんからも話を聞いたことがある。津田さんの話は、数日の後に戻ってくる、いわゆる無断外出のことではなく、あたかも刑務所のように強制的に隔離された病院からの、患者の「逃亡」についてである。

脱柵は大抵、同室の療友たちには、事前にうち明けられてから行われたものだという。そうでなければ、事情を知らないまま異常に気が付いた療友たちによって、病院守衛に、脱柵した本人の不在が通報されてしまうからだ。

しかし、同室者の不在はいずれ隠しおおせなくなる。そこで、ある時期を見計らって病院当局に知らせに行くが、それはだいたい、脱柵した本人がどこか近くの鉄道の駅にたどり着き、そこから他所へと旅立った頃が、一つの目安とされた。もちろん、できることならばなるべく時間は稼いだ方がよい。何故なら、通報があるやいなや病院から追尾者が急行し、関係各方面に連絡がなされるからである。

「『田無と所沢に非常線が張られた』などと初めて聞かされたときには、戦慄を覚えたものです。ああ、私たちは犯罪者扱いなのか。これでは病院とは名ばかりではないか、と思いましたね」

津田さんによれば、院長が検束権をすらもっていた当時、患者の名前など呼び捨てが当たり前、個人としての人格を認めるような病院の待遇は、到底望むべくもなかった。そして、そのような状況にやや変化が表れるようになったのは、戦後、婦人参政権の付与が実現した、新選挙法が施行されてからのことだったという。

「候補者の人が、ずいぶん愛想よく接していくようになりましたからね」

甚だ現金な話のようにも思われるが、それまでおよそ人間的扱いをされてこなかったハンセン病患者も、なべて清き一票を有する有権者になったということである。

ところで、再び北條の脱柵外出の話に戻ると、彼は文圃堂で式場に会ったあと、いわば新進作家としての待遇を受け、銀座の資生堂に案内された。そこで北條は、河上徹太郎と横光利一にまみえているが、そのときの河上の印象が、筑摩書房の現代日本文学全集の月報五十二号に記されている。

やがて式場君は我々に気がついてさし招いた。そして同席すると、この人が北條民雄だと紹介した。瞬間ハッとしたが、式場という人は何でも呑み込んでいる人だから、その当り前の顔色を見て、こちらも何でもないんだなと思い、普通の文学者同士の初対面のつき合いに返った。

その時の話題は全然今記憶にない。ということは、ごく平凡な応答をしただけだったのであろう。では人物の印象はというと、例えば生前二三度会っただけの嘉村礒多氏よりむしろ陰鬱でなく、不屈と謙遜が程よく入り混り、自分の立場を割り切ったものがあるように見えた。尤も今になってのこんな印象は、氏の作品から来るものと適当につきまぜた後天的なものに違いないのだけど。

果してその夜は電車が停った。私はどうして帰ったか覚えていないが、宅が五反田だから歩いてだって帰れる。後で聞くと北條氏はまだ軽症で、ある期間医師の保証の下に町へ出ることが許されるのだそうだ。然し外泊は無理だろう。その晩、村山の病院へ帰ることはとても出来ないので、式場君の下宿へ泊ったのだが、蒲団が一つしかないので、一緒に寝たそうである。

北條氏にとって恐らく町で文士たちとつき合ったのは珍しいことだったろうが、この夜のことは何も書いていない。こちらはその積りはないのだが、もし少しでもこだわったものが見えたとしたら、それは取返しのつかない傷を与えたことになる。（河上徹太郎「北条民雄のこと」）

その夜電車が停まったのは、大雪のためである。この日は冒頭の大雪の記録と照らし合わせてみると、おそらく二月四日であろうと推測される。北條が川端康成から手紙を受け取って、わずか十日ほど後のできごとである。

当時警視庁の巡査であった石川光陽は、この日の東京の様子を記録した貴重な写真を数葉遺しているが、浅草の雪景色を写した写真について、次のように語っている。

昭和十一年といえば、二・二六事件が起きた年として有名ですが、ぼくにはこの日も忘れがたいですね。ちょうど節分で、浅草寺に、警備状況をカメラにおさめるために出かけたのですが、昼すぎから雪がじゃんじゃん降り出しましてね、参詣客の出足がよくない。境内でしばらく待っていたのですが、豆まきもはじまりそうにない。で、同僚と映画でも見て時間をつぶそうかと六区にいったとき撮影したものです。

当時は六区華やかなりしころでして、映画館だけで十館以上もありました。劇場では田谷力三、エノケンなどが活躍していましたね。

しかし、映画が終わっても雪はやみそうにない。とうとう行事も中止になり、署の車で帰ったのですが、田原町まできたときエンコしてしまいまして、地下鉄に乗ったのですが、京橋駅を過ぎたあたりで停電。銀座駅まで地下のトンネルを歩いたのを覚えています。

（石川光陽『昭和の東京　あのころの街と風俗』）

さて、その大雪の日の銀座、資生堂に話を戻すと、偶然会った河上徹太郎は、当時伝染性がすこぶる強いかのように考えられていたハンセン病を病む北條と聞いて、「瞬間ハッとした」のであろう。「医師の保証の下に」は、北條が脱柵してきたことを仮に河上が知っていたとしても、あまり関係がなかった。とにかくその場では、「何でも呑み込んでいる」編集者が平気でいるのを見て、「普通の文学者同士の初対面のつき合いに返った」という。そして、「もし少しでもこだわったものが見えたとしたら、それは取返しのつかない傷を与えたことになる」と回想しているのだ。

ところで、髙山文彦が式場俊三に確認した話によると、資生堂で北條を紹介したのが式場本人とするのは河上徹太郎の記憶ちがいで、実際は大内正一という別の担当者であったようだ（『火花』）。結局、「町で文士たちとつき合った」ために、大雪で全生病院に帰れなくなった北條はその夜、式場の部屋に泊めてもらった。そして翌五日、北條は伊藤近三という編集者に連れられて、鎌倉に川端康成を訪ね、林房雄にも会うことができた。

故人は一度鎌倉へ私を訪ねてくれたことがあつた。遠慮をして家へは来ず、駅前から電話をかけた。私は駅へ出かけて行つた。そこらを少し歩いた。雪が積つて寒い日だつた。故人は友達から借りたといふ学生服を着てゐたが、見すぼらしい風体だつた。蕎麦屋の二階へ上つた。

私の文学仲間の同人雑誌に出してもらつた小説がその雑誌の月例の賞を与へられ、故人は賞金を受取りかたがた外出して来たのだつたから、先づ同人雑誌の発行所に立寄つた。編輯者に連れられて銀座へ出た。大雪になつた。さうして昨夜は編輯者が自分の下宿に泊めたといふ。鎌倉へ案内して来てくれたのも編輯者だつた。今朝部屋をアルコオルで消毒する際、過つて火傷をしたと言つて、編輯者は手に繃帯を巻いてゐた。癩院で外出を許すのは患者から菌が出てゐない時、つまり伝染の憂へがない時とはいふものの、私達が神経を病むのは当然で、厭な顔もせずに床を並べて泊めてくれた編輯者を徳としなければならなかつた。私が故人と会つてゐる間、編輯者は私の友人の家を訪問してゐて、やはり癩作家と同じ電車で帰つた。私の友人も駅へ見送りに来てくれた。

（川端康成「寒風」）

「寒風」はフィクションだが、上に掲げた場面はほぼ事実に即しているものと思われる。文中「私の友人」が、林房雄であろう。生前の北條が師の川端と会ったのは、このときたった一度だけで、それも非常に短い時間に過ぎなかった。

かなり作為が感じられる文章ではあるが、北條の死後わずか二ヵ月ほどで出された雑誌のなかに見える、川端の言葉をもう一つ引いておく。筆者の村田義光が、直接川端から聞いた話とされているからである。

「(前略)それは一見《けんひ》非常《じょう》に貧弱《ひんじゃく》な青年《せいねん》でした。服《ふく》はなんでも友人《ゆうじん》のを借《か》りているんだとかで、学生服《がくせいふく》らしいのがだぶ〳〵した感《かん》じだった。わづかに眉《まゆ》のうすいのに、癩者《らいしゃ》としのべるだけで、そのほかには癩者《らいしゃ》らしい様子《ようす》はみえなかったのだが、僕《ぼく》にはめんと向《むか》って何《なん》とも慰《なぐさ》めようもなかったのです。はげますとか、なぐさめるとか、同情《どうじょう》とか、そんなものは再《ふた》び起《た》つことのできる病人《びょうにん》には通《つう》じこそすれ、北條君《ほうじょうくん》たちには何《なん》にもならないのです。わづか三十分《ぷん》の時間《じかん》だったので、何《なに》を話《はな》す間《ま》もなかったのですが、それでも、彼《かれ》の絶望《ぜつぼう》とたゝかいながらの人間的《にんげんてき》なたくましさには僕《ぼく》はつよく心《こころ》をうたれました。」

(村田義光「若き癩の天才　北條民雄の死」『新女苑』三八年二月号)

時代の坂道は、徐々にその斜度を増しながら、深い奈落へと転落を始めていた。

北條は、二・二六事件があった月、すなわち一九三六（昭和十一）年二月に「いのちの初夜」で「文學界賞」を与えられ、同年の十二月三日には、この小説の名を表題とする作品集『いのちの初夜』が創元社から出された。青山二郎の装幀になるこの作品集『いのちの初夜』は、二十万部を売る空前のベストセラーになった。上梓の前に、北條から川端康成に送った書簡に見える、

本の総題は何としたら良いでしょうか。自分としては「いのちの初夜」が良いと思っております。これは先生におつけして戴いた題ですから、記念にもと思っております。

扉のところに――川端先生に捧ぐ――としようかと考えたりしましたが、先生に献ずるにはこの本はあまりに粗末です。勿論内容が。そのうち今度の長篇が出来たら――まだ何時のことやら判らぬのが残念です。著者には本屋から何部ぐらい呉れるのでしょうか？

小林　秀雄様　　横光　利一様
林　房雄様　　阿部　知二様
青野　季吉様　　武田麟太郎様
中村　光夫様　　島木　健作様

その他まだ贈呈したい人があるように存じますが、思い出せません。自分としては十五部だけ欲しいのです。

（三六年十月二十三日付　北條から川端康成宛書簡）

昨日文藝春秋が届き、いのちの初夜の広告を初めて見、感慨無量の気持でおります。この本が出来るまでにどんなに先生に御迷惑をおかけしたことかと、自分を省みて涙が出るばかりの気持でございます。

（三六年十一月二十日付　北條から川端康成宛書簡）

などの件は、明日のベストセラー作家の前夜の姿としては、いかにも初々しい感じがする。しかし、北條が事実上の仕事をしたのは、この年とせいぜい翌三七（昭和十二）年の夏ぐらいまでであった。六月にはすでに、死の床へと誘われる病の、腸結核の症状が明らかになったからである。それでも北條は、炎暑のなか死力を振り絞って、最後の小説「望郷歌」を書いた。この年の七月七日、大陸では蘆溝橋事件が勃発、日中戦争の戦端が開かれている。

ようやく暑さも去った九月二十五日、北條は生前、二度とそこを出ることはかなわなかった結核病棟に入室した。因みにこの日、東京陸軍軍法会議で、真崎甚三郎大将に無罪判決が言い渡され、二・二六事件の公判が終了した。

しみじみと思う。怖しい病気に憑《つ》かれしものかな、と。

慟哭《どうこく》したし。

泣き叫びたし。

この心如何にせん。


（三七年十月十七日の日記）


心身ともにそうした状況のもと、ベッドに横臥したまま「続重病室日誌」を書き、『文學界』十二月号に発表したことは、もはや北條の執念以外の何ものでもない。北條の体力と反比例するように、軍靴の響きはいや増していく。

講談社版『昭和二万日の全記録』のなかから、同年十月、十一月の記事を少し引いてみよう。


十月五日。閣議、非常時局に際し国民に軍需資材・輸入品などの消費節約を奨励する方針を決定。

六日。国際連盟総会、日中戦争に関し、日本の行動は九ヵ国条約とパリ不戦条約に違反するとの決議を採択。

十二日。国民精神総動員中央連盟結成式、東京日比谷公会堂で挙行。

十三日。国民唱歌放送始まる。第一回は信時潔作曲『海ゆかば』で、一九日まで放送。

十八日。全日本労働総同盟全国大会、日中戦争中のストライキ絶滅など「銃後三大運動方針」を決定。

陸地測量部発行の日本国土に関する参謀本部地図のうち、東京はじめ大都市の近傍図が販売禁止となる。

二十一日。東京市板橋区で、息子が召集された場合に心残りがないようにと思いつめた母親が服毒自殺。

二十九日。私立を中心にほぼ正常に復した北京の学校では、日本語・日本歴史等が必須科目とされる（北京発）。

十一月四日。第三次補充計画第一号艦（戦艦「大和」）、広島県の呉海軍工廠で起工（一六年一二月一六日竣工）。

五日。第一〇軍（司令官柳川平助）、支那方面艦隊護衛のもとに杭州湾北岸に上陸、上海戦線の背後をつく。

六日。イタリアの日独防共協定参加に関する日独伊三国議定書、ローマで調印。

九日。閣議、国家総動員に関する諸規定を完備するため、企画院の提案による国家総動員法の制定を決定する。

十一日。西部防衛司令官、九州と中国地方に警戒警報を発令する（本土で最初の警報）。

十六日。少額国債「愛国債券」、郵便局で売り出される。中国国民政府の最高首脳会議、首都を南京から四川省重慶へ移転することを決める。

十八日。大本営令公布、戦時大本営条例廃止。大本営を戦時のほか事変の際にも設けられるようにする。

二十三日。司法省、戦死者の戸籍簿には「死亡」ではなく「戦死」と記載するよう市町村役場へ通達、と新聞報道。

三十日。日本赤十字本社、全国の同社三三病院中一七病院を日中戦争傷病者収容に当て、一般の入院を中止と決定。

まさに窒息しそうな時世である。が、北條のこの時期の――すなわち最後の――日記には、一切それらのことは見えない。

今日は明治節なり。故に朝から白飯にて閉口す。
七時三十分、朝食。飯一椀、ミソ汁一椀。散薬服用。(下痢止メ)
昼食は食わず。
十一時半、リンゴ半ケ、牛乳一合。散薬。(白頭土ナレバ片栗ニテ)

一時三十分、散薬。（下痢止メ）

二時十五分、葛ニテ白頭土服用。

三時半、夕食。散薬服用。

夕食ハ赤飯（アズキ飯）ニテ、更ニ豚肉トアッテ閉口。シカシ他ニ食ウ物ナイノデ赤飯半椀。サカナ四キレ。コレハ昼食ニクレタ刺身ナリ。コレニ熱湯ヲ注ギ、大根オロシニテ食ス。

六時半、白頭土ヲ葛ニテ服用。

午後、頭重し。

衰弱更に加わりたるが、便所に通う以外はベッドより降るのが頗《すこぶ》る苦痛なり。

夜、熱が幾分下ったらしく、久々に新聞を見る。記事凡て読み尽し、広告も全部見る。うち、食料品の広告に最も興をそそらる。

体温、午前、三七度五分。午後、三八度二分。

（三七年十一月三日の日記）


といった具合である。新聞の「記事凡て読み尽し、広告も全部見」ても、「食料品の広告に最も興をそそらる」あり様だった。北條にとっては、すでに時世に目配りをしていられる状態ではなかったのだろう。

日記は、前掲の日付のものからわずか六日後の、十一月九日で途絶えている。

小林氏より書簡あり。かん詰発送の通知なり。変らぬ氏の厚情に深く感謝す。

小林氏、川端先生等の親切な心を思う度に、自分は父を思い出す。そして氏等の半分の親切心を自分に持ってくれたらと、しみじみさせられる。所詮自分は肉親に捨てらるべく運命づけられているのであろう。死んだ兄が懐しい。

（三七年十一月九日の日記）


来信のあった小林氏とは、創元社社長だった小林茂である。三年前、北條が全生病院に入院する頃から、心を通わせることができるようになっていた父を恨みがましく思い出しているのは、文字通り、北條の今生最後の泣き言であろう。

そして、死んだ兄を懐かしく思い出した北條民雄は、その一ヵ月にも満たない後の十二月五日午前五時三十五分、兄のもとへと旅立っていった。日本軍が南京を占領した、あの十二月十三日の、ほぼ一週間前のことである。


死の床に就く以前から、北條が全生病院でしたためた日記には、何故かほとんど時世の移ろいを感じさせる記述が現れない。いくら「柊の垣のうち」に隔離された身の上であるにしても、それが十分ではなかったとはいえ、新聞を読んだり、ラジオを聴取することができたのであるから、せめて生き別れになった縁者を思い出す程度には、時世の変化の急なることに思いを馳せてもよさそうなものだ。とくに、一時はプロレタリア文学こそ自身の生きる道と思い定め、小林多喜二の「不在地主」に衝撃を受けたほどの北條は、社会や政治の動きに無関心な方ではなかったはずだから、それはいかにも意外な感じがする。確かにマルキシズムに触れた件はわずかに散見するが、それ以外のことで、敢えて時世に感慨を示した日記の記述を探してみると、

支那騒然たり。
ヨーロッパ険悪なり。
果して人類は何処に行くのか？　痛ましき限りである。
（三七年八月十四日の日記）

次にさきの首相、林銑十郎。彼のゴマシオの髯を近々と眺めたのもこの病室で附添をしていた時である。その時自分は当直であったので、白い予防服を着て室の中央に立って彼を迎えた。彼は顔をしかめながら、かなり深刻な顔つきで、院長その他に附添われながらやって来ると、途中で余にちょっと頭を下げて通り抜けて行った。
（三七年九月二十五日の日記）

が現れる程度である。

「支那騒然たり」は、この日記の日付の前日起こった、第二次上海事変の報を聞いての感慨であろう。九月二十五日の方は、北條がいよいよ結核病棟に入室した日の感想。時世に感じての文章とは言えないが、林銑十郎の名が記されているので、強いて挙げればというところだ。随筆などを見渡しても事情は同じで、

無論私も健康な小説が書きたい。こんな腐った、醜悪な、絶えず膿の悪臭が漂っている世界など描きたくない。また、こんな世界を描いて健康な人々に示すことが、果してどれだけ有益なのか。少くとも社会は忙しいんだ、いわゆる内外多事、ヨーロッパでは文化の危機が叫ばれ、戦争は最早臨月に近い。そういう社会へこんな小説を持ち出して、それがなんだというのだ。——こういう疑問は絶え間なく私の思考につきまとって来る。（「柊の垣のうちから」）

がほとんど唯一と言ってよい。北條は、何故こうも時世に背を向け続けたのかと言えば、最後に挙げた随筆の論旨のなかに、その一つの答えが示されてはいる。すなわち前掲箇所の後で展開される、何故自分は、癩をモティーフとして書くか、という説明がそれである。北條にとっての結論だけいえば、それが「社会にとって無意味であっても、人間にとっては必要であるかも知れ

ぬ」からである。だから北條は、時世に対して極端に逼塞し、ひたすらドストエフスキーやフローベールなどを耽読し、寸暇を惜しんで厳しく創作に没頭したのだろう。

北條のこうしたストイックともいえる姿勢からは、川端康成が彼に宛てた書簡のなかの忠言、「先ずドストエフスキイ、トルストイ、ゲエテなど読み、文壇小説は読まぬこと」（三五年十一月十七日付　川端康成から北條宛書簡）を想起することもできる。

北條の「癩院記録」や「続癩院記録」などを読むと、彼はルポルタージュの書き手としてもすぐれた資質に恵まれていたようだが、その本領は、やはりすぐれて文学者のそれであって、ジャーナリストのものではなかったことを、私は強く感じる。

何故そんなことを持ち出すかといえば、北條の死後、その人と仕事を批判する一人の医師が現れたことを思い出すからである。その医師の批判のありようについては、川端康成の「寒風」のなかでも取り上げられ、北條を擁護していることなのだが、作品への批判の大要を言えば、北條の発表した作品は誇大表現で、当時のハンセン病院療養所の悲惨を、徒に喧伝したものに過ぎないという趣旨だった。「この北条の文学装をし化粧をした実話的作品に悲壮な同情や涙さえうかべて酔ったのは、いかにも愚劣なあまちゃんである」といった彼の文章は、北條の作品の文学的香気の前ではあまりにも品がないが、この医師は生前の北條のそばにいた人だったから、余計にその批判は正鵠を得ているかのように受けとめられた。

この指摘が妥当性を欠いているとの反駁は、すでに光岡良二が、その著書（『いのちの火影』）のなかで見識を示しているので深くは触れないが、少なくともこの医師の批判にある、「北条は文学者ではなく、誇大するジャーナリストである」との指摘が過っていることだけは、私にとって疑問の余地はない。でなければ、「社会にとって無意味であっても、人間にとっては必要であるかも知れぬ」などと、北條が何故いう必要があるだろうか。

「内外多事」の時世にあって、「誇大するジャーナリスト」が「文学装」をするなど無用のことであるはずだ。

もう一つ、北條が時世に関心が薄かったというか、それに心を動かされなかった理由を、当時のハンセン病患者一般の姿に求めることができるかも知れない。

前の章で触れたように、北條は、島木健作の「獄」について「芝居中の悲劇を見るような、白々しい空虚さを感ずる」と言い、横光利一の「最悪の場合の心理」との評言には、「最悪の場合の心理のみが死ぬまで続いている人間が存在するということを考えたことがありますか？」と切り返している。「最悪の場合の心理」を抱き続けている北條には、外の世界の「内外多事」は、すでに何の衝撃をも与えはしない。

確かにこの点について、北條はあまりに過敏であった。けれどもそれはやはり、その当時のハンセン病患者一般に当てはまる、この病のもつ圧倒的な力によるものであったにはちがいない。

逆説めくが、「二・二六事件の冬」を、光岡良二の『いのちの火影』に見てみよう。

事件の前夜も、武蔵野の奥のこの辺りはしたたかの大雪であった。その頃病院では、帝室博物館の取り壊された古材の払い下げを受けて、毎日東京からトラックで人夫が古材を運びこんでいた。二十六日は、大雪のためにその輸送が遅れ、午後おそくやっと到着したトラックの運転手や人夫らの口から、東京市内は剣つき鉄砲の軍隊が出て、何か大騒動が起ったらしいという風聞が、はじめてもたらされた。それは生活の単調を破るショッキングなことに飢えている私たちを生き生きと昂奮させた。その昂奮はある意味で楽しいものでさえあった。最も不幸な私たちにとっては、それ以上不幸になることはあり得なかった。それゆえに、すべての異変や騒乱は、それが未知であるだけで、望ましい楽しいものであった。それは皮下一寸のところにひそんでいるわれわれの心理であった。その点では、北条も、私も、そしておおかたの患者たちも同様であった。

その頃の全生病院を回想すると、ラジオは院内に一ヵ所の集会室と、重病棟に数ヵ所備えられてあるきりであり、新聞は患者図書室に一、二紙の大新聞がはいっているのみであった。生活はすべてお仕着せで、私達は米の値段も知る必要がなく、日々を暮していた。時代の波は遠い彼方で波打っていた。患者は衣食住すべて貧しく、それゆえに貧しさに耐えることに慣れていた。癩園は、北条が中村光夫へ書いた言葉の通り「地獄のように平和」（昭和十二年八月の手紙）であった。

（光岡良二『いのちの火影』）

その頃のハンセン病療養所の空気を、実に微妙なところでとらえていて、さすがにそこに身を置いていた人の証言として興味深い。そこでは、「時代の波は遠い彼方で波打って」いて、遠く聞くゆえの外界の異変や騒乱は、内なる「地獄のように平和」な生活を破るものとしては、むしろ好ましく患者の心に映ずる。

それは言い換えれば、絶望と惰性と、ある種の安逸な生活である。ハンセン病療養所がそれ一色であったとするならば、北條には、およそ肯んじ得ない世界であったことだろう。彼は「内外多事」に頼ることなく、それを打破したいと願っていたのかも知れない。

北條は、その作品世界に、ほとんど社会を投影させてはいない。もとより彼の主題は「いのち」であって、「くらし」ではなかったのだ。「くらし」の集合体は社会であろうが、第一義的に「いのち」は社会の構成要素ではないのだから。

ところが、北條の作品を受け入れた社会の人々は、ある意味では、その時世ゆえにそれを歓迎したといえないだろうか。北條の文学的生命は、時代を超越するとしても、そのベストセラー的支持には、その時世の心理が、背景に強くあるように思う。そのとき、「くらし」が奪われようとしていたのは、何も「柊の垣のうち」のハンセン病療養所だけではなかったのだから。この時代、およそ日本中、世界中で「くらし」が破壊されつつあった。その閉塞感を、危機感を、そして、おぼつかなげな生を思ってもみたい。

粗い壁
壁に鼻ぶちつけて
——深夜
虻が羽ばたいてゐる

(「頃日《けいじつ》雑記」)

決して北條民雄だけが、この陰惨なイメージを心の裡に寄生させていたのではない。その時世の心理が、北條に強く飢《かつ》えていた。

私は、私が一匹の虻であることを悲しみはしない。けれど、私は私の血が壁の中に吸い取られてしまうに違いないことを意識していることを悲しむ。

壁、壁、ああ、深夜私は……
言うな！　毎日一度ずつ朝はあるのだ。

（「頃日雑記」）

X. 問われるままに

「お茶が入りましたから」

私は、多磨全生園のハンセン病図書館で、北條民雄に関する資料を調べていて、山下道輔氏から声を掛けられた。偽りなく言えば、私は山下氏の話を聞くために、この小さな図書館に通い詰めていたようなものだ。そこには不思議と静かで、安らかな時間が漂っている。

多磨全生園の正門を潜って、斜め右手の方へ入っていくと、宗教地区と呼ばれている一画に出る。そこには、仏教やキリスト教、その他あらゆる宗教、宗派の祈りの場がひしめき合っていて、全生園のなかでは納骨堂とともに、もっとも心持ちの改まるところである。

宗教地区の南側に残る樹叢が、かつて「山の手」といわれた場所で、北條が起居した秩父舎もそこにあったが、いまはその跡に、ハンセン病図書館が建っている。

山下氏は、私が徳島で撮ってきた写真を丁寧に見ている。

「あなたの撮り方がそうなのかもしれないけど、人が全然写ってませんね」

「いや、撮り方のせいではないんです。ほんとうに人が少なくて、静かなところでした」

山下氏に言われるまで、そうと気が付かずにいたが、確かに私が撮影した北條の故郷の写真には、ほとんど人が写っていなかった。それは意識的にそうしたのではなくて、事実人に行き合わなかったからなのだ。

「JRもバスも本数がありませんから、今回はよく歩きましたよ。でも、歩いているのは私とお遍路さんぐらい」

山下氏が小さく笑った。私は、新野の平等寺で、「いざりぐるま」を見たことを話した。

「それは、自分もむかし見たことがあるね」

山下氏も、全生園で一九四一（昭和十六）年以来、療養を続けてきたのだった。いまはハンセン病図書館の主任として、資料の収集保存などの仕事に情熱を傾けている。山下氏の来し方に多く取材した『ヒイラギの檻』には、次のように記されている。


プロミンのないころ、ヒイラギの檻で病に蝕まれ虚しく死んでいく、これが自分の人生だ、という諦めと、このままで終わりたくない、自分の人生を取り戻して誇らかに生きたい、という思いが交錯した。

父親の死、友人の死、付き添いの病棟では、自ら命を絶った患者の死も見た。プロミン以前、ヒイラギの檻に暮らす者にとって、死は遠い将来ではなく、明日、訪れるかもしれない現実の不安だった。ある時期、そのむき出しの不安と、じっと向き合いながら生きなければならなかった。

どんな死であっても死はひとつ。無常感というか虚無感というか、そう考え、無理矢理に自分を納得させなければ、ヒイラギの檻の中の〝理不尽な死〟を、受け入れることができなかった。

（瓜谷修治『ヒイラギの檻』）

山下氏は、戦争が始まったこともそれが終わったことも、「ヒイラギの檻」の中で知ったのだった。

一九六九（昭和四十四）年、全生園の患者自治会が再建されたとき、「ハンセン病関係の文献を収集しておく」、「患者の手で多磨全生園史を編纂する」などの決議が行われたが、これらに基づいて、園内に「ハンセン氏病文庫」の設置が企図された。

このとき自治会の中央委員に選ばれていた山下氏は、「オレに資料やらせてくれ。資料に一生かける」と申し出て、責任者を任された。「ハンセン氏病文庫」が、今日の「ハンセン病図書館」へと引き継がれていく。

「北條が、野球をやってたときの人が残ってないかと思って聞いてみたんですけどね、やっぱり、もういないね」

私はそのずっと後になって、まさしく北條と野球をしたことがあるという、児島宗子氏の話を聞くことになるのだが、そのときはまだ、山下氏も私もそれを知らなかった。北條の親友だった詩人の東條耿一の妹、津田せつ子さんを紹介してくれたのも山下氏だった。

津田さんにも、徳島の写真を見てもらった。

「これは柳ですね。この辺には柳がありませんからね。いい木ですのにねえ、柳は」

そう言って津田さんが見惚れたのは、徳島城のお濠端に立つ、いたって凡庸な柳の木を写した写真だった。津田さんの歌人としての感性が、その柳の木に何かを感じて、共振したのかも知れなかった。津田さんがもう一枚取り上げたのは、瑞巌寺の庭園を撮った一葉だった。

「こんなところに立ったら、心が落ち着くでしょうね」

津田さんがじっくりと目を落としたのは、その二枚だけであった。どちらも、しっとりとした緑の重なりが印象的な写真であった。

別の日、私は山下氏に、ハンセン病図書館に保存されている、北條の本箱を見せてもらった。東條耿一が描いた北條の肖像画（口絵参照）の背景に見える、蔵書が一杯に納まった本箱である。いまは、そこに本は入っていない。

「ドストエフスキーとかメリメとか、北條の本はたくさんあったけどね、いまはもう、ほとんど残ってませんね」

それでも山下氏は、「北條文庫」と記された何冊かの本を見せてくれた。全集はいつか端本となり、長い年月のなかで、それがもともと北條の蔵書であったものか、あるいは後に加えられたものなのかも、もはや詳らかではない。ただ、これらの本は散逸してしまったというよりは、その後の患者たちの旺盛な読書欲のために、読み潰されてしまったものが多かったらしい。

北條を知るよすがとなる、これらの本が失われてしまったのはいかにも惜しいが、それが十分に活用され、多くの人々の血肉と化したことを思えば、少なくとも書籍としての用は全うしたことになる。だから、空の本箱というのも、なかなかに思いの深いものがあった。

因みに記せば、それは意外に小さいものだが、造作はがっしりと頑丈にできていた。どこか短軀朴訥という感じの、北條の風貌に似ていないこともない。

一九三七（昭和十二）年十二月五日の夜明け前、北條の最期を看取ったのは、やはり親友の東條耿一だった。

彼の死ぬ前の日。私は医師に頼んで、彼の隣寝台を開けて貰つた。夜もずつと宿つて何かと用事を足してやる為であつた。私が、こん晩から此処へ寝るからな、と云ふと、さうか、済まんなあ、と只一言。後はまた静かに仰向いてゐた。補助寝台を開けると、たいていの病人が、急に力を落したり、極度に厭な顔を見せたりするのであるが、彼は既に、自分の死を予期してゐたのか、目の色一つ動かさなかつた。その夜の二時頃（十二月五日の暁前）看護疲れに不覚にも眠つてしまつた私は、不図私を呼ぶ彼の声にびつくりして飛起きた。彼は痩せた両手に枕を高く差上げ、頻りに打返しては眺めてゐた。何だかひどく昂奮してゐるやうであつた。どうしたと覗き込むと、体が痛いから、少し揉んで呉れないか。と云ふ。早速背中から腰の辺を揉んでやると、いつもは一寸触つても痛いと云ふのに、その晩に限つて、もつと強く、もつと強くと云ふ。どうしたのかと不思議に思つてゐると、彼は血色のいい顔をして、眼はきらきらと輝いてゐた。こんな晩は素晴しく力が湧いて来る、何処からこんな力が出るのか分らない。手足がぴんぴん跳ね上る。君、原稿を書いて呉れ。と云ふのである。いつもの彼とは容子が違ふ。それが死の前の最後に燃え上つた生命の力であるとは私は気がつかなかつた。おれは恢復する、おれは恢復する、断じて恢復する。それが彼の最後の言葉であつた。私は周章てふためいて、友人達に急を告げる一方、医局への長い廊下を走り乍ら、何者とも知れぬものに対して激しい怒りを覚えバカ、バカ、死ぬんぢやない、死ぬんぢやない、と呟いてゐた。涙が無性に頰を伝つてゐた。

彼の息の絶える一瞬まで、哀れな程、実に意識がはつきりしてゐた。一瞬の後死ぬとは思へないほどしつかりしてゐて、川端さんにはお世話になりつぱなしで誠に申訳ない、と云ひ、私には色々済まなかつた、有難う、と何度も礼を云ふので、私が何だそんな事、それより早く元気になれよ、といふと、うん、元気になりたい、と答へ、葛が喰ひたい、といふのであつた。白頭土を入れて葛をかいてやるとそれをうまさうに喰べ、私にも喰へ、と薦めるので、私も一緒になつて喰べた。思へばそれが彼との最後の会食であつた。珍らしく葛をきれいに喰つてしまふと、彼の意識は、急にまるで煙のやうに消え失せて行つた。（東條耿一「臨終記」）

詩人の記した親友の死は、やはり強く厳しい、そしてある種の美しさを湛えた、一篇の詩になっている。その東條も、それから五年後の四二（昭和十七）年九月三日、やはり全生園のベッドの上で息を引き取り、慌しく親友の後を追って逝った。

むろん、ハンセン病療養所に生きた人々の険しい道のりは、その後もずっと続いたのである。その膨大な痛苦の堆積の前に、私たちはただ、佇立するしかないのだろうか。私が言うのは、病苦のことではないのだ。

五〇（昭和二十五）年に、全生文藝協會編で出された『癩者の魂』は、その頃までに全生病院、のちには国立療養所多磨全生園で療養していた人々の創作、詩、そして子どもたちを含む患者らの手記を編んだ作品集である。この本の跋を、当時同協会会長であった光岡良二は、厚木叡の筆名で書いているが、そのなかで、

戦前文壇に彗星の如く出た癩文学のファースト・ランナア北條民雄君も嘗ては「山櫻」印刷所で文選工として活字を拾つてゐたのです。

北條の作品のやや病的な誇張とフイクシヨンは、彼の内的苦悩の象徴とし凄壮の美を放つものではあつても、その作品世界がそのまま癩院の現実であると思ひ誤られた面が無くもありません。

と、北條作品を位置づけている。この件を光岡の発言として私が取り上げるのは、すでに鬼籍にある本人に対して誠に忍びないことなのだが、確かにそれは、七〇年に出された『いのちの火影』で示した彼の識見とは、矛盾してしまうのだ。北條の作品は「病的な誇張」に依ったものなどではなかったことを、療友の彼は同書で、紛れもなく指摘しているからだ。

私は、光岡の矛盾を攻撃しているのではもちろんない。そうではなくて私たちは、光岡に限らず五〇年当時の彼等療養者の発言が、なお、明らかな制約のなかにあったということを知らねば

ならない。それでも光岡は、「ファースト・ランナア北條民雄」について、触れずにいられなかった。

当時、この療養所で文芸作品を発表するためには、院内誌の『山櫻』によることがほとんど唯一の道であった。光岡は前掲の件の後で、〈「山櫻」では近年毎秋、文芸特輯号を企て、全国の癩療養所の病友の作品を募つて来ました。その創作の選者をお願ひした方々には正木不如丘、式場隆三郎、豊島與志雄、木下杢太郎、荒木巍、阿部知二、滝井孝作、詩に、佐藤信重、神保光太郎等の諸先生があります〉と記しているが、彼は、時代の荒波に揉まれながらも、ずっと続けられてきた療養所内の文芸活動を紹介して、強烈に自分たちの発言、いや、存在そのものを、アピールしたかったのである。

確かに、北條が療養所の外の世界に発表の場をもてたのは、非常な幸いであったが、その彼にしても、最初期には所内で文芸サークルを結成し、『山櫻』に発表した「白痴」が、佐藤並太郎の好評を得たことがあったのだった。だから、「ファースト・ランナア北條民雄君も嘗ては『山櫻』印刷所で文選工として活字を拾つてゐた」と、光岡は書いた。

そう、麓花冷が『山櫻』の巻頭言に書いた北條へのオマージュを思い出すではないか。光岡は、北條だけではない、私たちもここにいる、と言いたかったのだろう。

四〇（昭和十五）年の句誌『芽生』、歌誌『武蔵野短歌』に続いて、『山櫻』も四四（昭和十九）年には、一時休刊になった。これは全国癩療養所所長会議で、各療養所で発行されている機関誌を一斉に休刊にして、国策に順応すべしとの協議が成立したためだった。因みに『山櫻』が再刊されるのは、戦後の四六（昭和二十一）年四月のことである。

昭和20年になると栄養失調と治療の不行き届きから1月二一名、2月一六名、3月一六名と死者が爆発的に増え、防空壕への避難も不可能な重態の者によって病室はしめられていくのだが、空襲は艦載機もまじえて連日となっていった。

4月11日午前八時から午後四時二〇分まで、警防団員四〇名は志木街道沿いの南秋津B29墜落現場の穴埋め作業に出動、翌12日も四〇名、さらに13日も一三名が出動、地元から無私の奉仕を感謝された。これほどの労働力がそんじょそこらにない時期であった。（『倶会一処』）

全生園の警防団員の活躍を伝えるこの記事から読み取らなければならないのは、もちろん、「無私の奉仕」の美談などでは毛頭ない。

戦争に力かさざりしとは何を言ふ木の葉を繃帯に巻き堪へて来にしを

と伊藤保がうたい、依田照彦が、

癩ゆゑにみだれむよりは自決せよと言はれしことば今に忘れず

とうたった差別の地獄がそこにあった。

国防及び恤兵献金《じゅっぺい》と称して、昭和十九年十月に全生病院の患者から集められた額は、ナント七千九百七十五円十四銭で、一人平均七円余にものぼった。食パン半斤十三銭の時代である。これは「劣等」意識につけこんだ、明らかな差別的収奪である。開設当時、持っている現金を通して伝染することを防ぐという名目で金を取りあげ、所内のみ通用の金券を渡したりしていたため、患者たちの間では現金入手のため俳句、短歌、標語などの賞金めあてに応募が盛んになった。そうして貯めた現金を、である。

昭和十六年七月、全生病院の国立移管にあたっては「療養生活五訓」が定められ、「皇軍兵士ノ心ヲ心トシ」「公益優先」「銃後奉仕」「感謝報恩」をムネとして「大政ニ翼賛」することが求められた。献金だけでは足らない、命も捧げよと言っているのだ。

（西井一夫『新編「昭和二十年」東京地図』）

戸籍上、「死亡」と「戦死」が区別された当時は、ただでさえ、銃後に「生きている」ということそれ自体に、「原罪」を覚えるような時世であった。いわんや、自ら「撲滅」されることが社会にとっての正義であるといった、惨い差別のなかに「生きていた」ハンセン病患者は、想像を絶する地獄を味わわされたことだろう。

戦争は人々の「くらし」を奪い、「いのち」の意味をすら換えてしまった。死んだ兵員の補充はできるが、弾丸はそうはいかぬ、と言われた時代である。「くらし」ではなくて、消耗品としての「いのち」の集合が社会であり、国家であるという狂気がまかり通っていた。「いのち」の大量消費は、戦地でも銃後でも、あてどもなく続いていたのだ。

もはや、北條が「いのちの初夜」のなかで、「ぴくぴくと生きている」といったいのちの観相は、意味を持たなくなっていた。

いや、そうした戦争の時世は、むしろ北條を求めていたのではなかったか。

シベリアに抑留された体験をもつ詩人の石原吉郎は、大陸ではつねに、〝北條〟を携えて転戦を続けたという。そういえば、石原吉郎には、『北條』という名の詩集があった。表題となった詩を引いてみる。

いわれを問われるままに
こたえる都であったから。笠をぬぎ　膝
へ伏せて答えた。重ねて北條と。かどごとに
笠を伏せ　南北に大路をくぐりぬけた。都と
姓名の　そのいわれを問われるままに。

（石原吉郎「北條」）

岸文雄は、北條民雄という筆名について、師の川端康成が住んだ鎌倉に因んだものだ、と書いている。それはそれでよい。

ふと三年前の暮に亡くなった北條民雄さんのことが頭に浮んでそれを小説にする気になったのではないかと推察します。『日本評論』一月号にのったのは、「義眼」とはまったく関係のない「寒風」という北條民雄さんのことを書いた小説だったのです。なぜ三年もたって北條民雄さんのことを書いたのか不思議ですが、丁度同姓の北條誠さんの出版記念会が十二月にあったのも暗号めいています。主人はそういう暗号に割と弱かったのではないでしょうか。

（川端秀子『川端康成とともに』）

私は、ホウジョウの音が「豊穣」に通じることを、また思ってみる。

師走に入ったある日、私は津田せつ子さんに電話で訪問の意志を告げた。

「十二月五日は北條さんの命日ですから、お参りの帰りに、お寄りしてもよろしいでしょうか」

その数日前、私は、津田さんから丁寧な手紙をいただいていたので、そのお礼も言いたかった。

「それでは、私も納骨堂にご一緒しましょう」

と、津田さんは言われた。

生前の北條を知る津田さんと、彼の死後六十年を経て北條の声に耳を傾けることになった私が、並んでその墓前に手を合わせることに、言い知れぬ感慨があった。

果たして、その日はやはり雨になった。

久米川から全生園へ向かうバスの窓から、煙る屋敷森のさまを見て、私は、〈また雨好きの北條が降らせたな〉と思って苦笑した。徳島を旅したときも、全日秋雨が続いた。

私が全生園を訪ねるのはほぼ一ヵ月ぶりだったが、その間に、樹々の紅葉は一気に進んでいた。私は、雨に打たれていっそう鮮やかさを増した綾錦に、はっと息をのんだ。いろはもみじ、銀杏、桜、唐楓、藤、欅など、それぞれの樹種が、微妙な階調で、紅葉し、また黄葉しているのだった。

東京のすぐ近くに、山紅葉のような陶然とした秋色が拡がっていることが、何故か切ない感動を呼び起こした。

久しぶりに「望郷台」に上がってみると、そこは錦繍の葉が一面に散り敷いて、まるで緋毛氈のようであった。「柊の垣のうち」に暮らす療養者たちの、絆を断ち切られた縁者への痛切な想いを象徴する「望郷台」は、いま見れば、ほんとうに小さな築山でしかない。すぐ目の前には、園内に立ち並ぶ平屋の軽症者住宅が、秋色に埋もれるように、おかしいぐらいささやかに散らばっていた。

私は、ハンセン病図書館に山下道輔氏を訪ねた。山下氏はいつものように、一心に作業机に向かい、資料の整理をしていた。それまでどこにいたのか、山下氏がかわいがっている猫のハンクロも、いつの間にか私の足にすり寄ってきた。ハンクロは時折通ってくる私の顔を覚えていて、客として遇してくれているらしかった。

「今年は紅葉が遅かったけど、色づきはとくに良かったね」

図書館の窓からは、かつて北條も見たはずの、秩父舎の傍らに植えられていたいろはもみじが、いま大きく枝を拡げているのが見えた。私はその朱の色に、津峰山で見た雉を思い出した。

「秋津文化センターの北條の文学碑の傍らには、あのいろはもみじの実生の木が移植されてましたよね」

「あれは、自分が育てたんだよ」

山下氏は、嬉しそうに笑った。「そこにもう一本あるから、欲しいところがあればあげるんですけどね」

私は、〈北條の故郷に〉と咄嗟に思ったが、それは口には出さなかった。

「自分が資料を始めて、三十年の結果がこれだからね」

山下氏には、やらなければならない資料の仕事が、まだ山のようにあるのだ。それでも、その仕事に対する理解は得られにくく、全生園をはじめ全国各地の療養所で、病苦や差別と険しく戦ってきたハンセン病患者たちの、膨大な記録が死蔵され、散逸し、または消滅していくことが、山下氏にはどうしても我慢ならない。

資料の仕事はどれだけ苦労しても、なるほど目に見えて報われることは少ない。けれども、山下氏はそのことに不満を覚えているわけではないのだ。ただ、自分がやっている資料の仕事の緊要性を皆に認識して欲しい、いまそれをやらなければ、後からでは取り返しがつかなくなる、ということに気が付いて欲しいのだ。過去を、現在の土台としてある過去を、灰燼の無としてはならないのだが。

私が訪ねたとき、津田さんは少し涙ぐんでいたように思う。

津田さんはその日の少し前、白内障の手術を受けた。体力が不足していた津田さんは、なんとか手術とその後の痛苦に耐えた。ようやく落ち着きを取り戻したところだったが、その日はあるできごとがきっかけになって、やり場のない悲しさを味わっていたようだ。

「やっぱり不自由ということを、しみじみ思います」

私は、津田さんの思いに応えうる言葉をもたなかった。

「今日は、北條さんが亡くなってから、ちょうど六十一年目ということですね」

「もう、そんなになるんですねえ」

私には、その日津田さんを訪ねたことを後悔する気持ちも兆しはじめていた。が、少し話を聞いているうちに、津田さんはむしろ、私の訪問を喜んでくれているらしいことが感じられた。その日の話のなかでは、光岡良二の思い出が、とくに私の心に響いた。

光岡は、北條や東條らよりずっと後まで長く生き、一九九五（平成七）年四月、八十三歳で物故した。入院四年後に結婚したが、その妻を病院に残したまま、自身は一時病気が軽快して、全生病院を退院している。戦後、再び多磨全生園に戻った光岡は、療養所内の文芸活動にとどまらず、広く歌作、詩作などに活躍した。散文では、北條の評伝『いのちの火影』を上梓しているが、その巻末に彼は、「回想――走り書的なアウトビオグラフィ」という回顧録を寄せている。

ある女との交渉が私に始まり、恋愛を越えた関係になっていた。彼女は私の過去のすべてを知った後も引き返さなかった。重苦しい過去を忘れ、脱出したい夢が女を核にしてふくれはじめていた。私たちそれぞれの内部に妻への倫理的痛みと欲望がせめぎあったが、愛欲の方が強かった。私達は同棲し、杉並区松庵北町に住んだ。井の頭に歩いてゆける距離だったので、休日など近くにいる女の妹の幼女を連れて散歩していると、このうわべの平穏な夫婦らしさが心に沁みた。後に書いた詩作品『孔雀』はそんな経験が幾重ものスペクトルをくぐって別のものになった戯詩である。

だがその頃になって、病症の再燃がきざしはじめ、翌年春には人目にもいぶかしがられるほどになった。アンモラールな脱出の翼は無残にへし折られた。知り尽した癩園にふたたび帰らねばならぬ気持は暗澹としたものであった。

女は三年ほど、私のなおるのを待っていたが、ある日、結婚をしたということを報告に面会に来た。結婚の報告を癩園にいる元の男に告げに来るのは、あまり幸福な結婚ではないのだと私には思われた。

（光岡良二『いのちの火影』）

私は詩作品「孔雀」を目にしていないが、光岡の「灰と白」という小説を読んだとき、その内容が、ほぼ光岡本人のこの間の経緯を下敷きとしたもののように思われた。この件について、もはや故人の光岡に確かめる術はない。ただ、津田さんが鮮明に記憶しているこのころの光岡の姿は、私には衝撃的だった。

北條が「火」であるとするならば、私は「水」のようだ、とは光岡本人の分析だが、確かに光岡の姿はそのように映ったと、津田さんも言う。しかし、「水」のように静かと思えた光岡の心の裡にも、やはり人知れず、激しい悲しみの炎がめらめらと燃えさかっていたのである。

雨はいっこうに降り止まず、むしろ雨足は強まってきた。私は、津田さんの足下を気遣って、

「今日は私が、津田さんの分もお参りしてきましょう」

と外出を止めたが、津田さんは、

「いいえ。せっかくの機会ですから、まいりましょう」

といって身支度を始めた。確かに歩き出してしまえば、津田さんの部屋から、北條が眠っている納骨堂まではたいした距離ではない。

津田さんと私は、銀杏の木と散り敷いた落ち葉でトンネルのようになった先にある納骨堂へ、傘を差して向かった。私たちが、納骨堂の正面に立つ「倶会一処」の石柱のところまで来ると、ひときわ雨が激しくなった。

花は、溢れるばかりに供えられていた。

「花はいつも、花生けに入りきらないくらいあがっていますから。それだけ死ぬ人が多いということですね」

津田さんは納骨堂の辺りを見回して、そう言った。

北條は信者ではなかったが、親友の東條にそれを託していたので、彼の葬儀はカトリック式で行われた。私はカトリック信者ではないが、そこでは津田さんに促されるままに、蠟燭を献じた。そのあと津田さんは十字をきられたが、私は仏式に合掌した。

「何か、こう、とても安らかな気持ちになりました。ありがとうございました」

私は真実そう思った。

「北條さんも、喜んでおいででしょう」

私は遠慮したのだが、運動になるからと言って、津田さんは全生園の正門まで送ってくれた。ちょうど医局の近くを通りかかったとき、私は思いだして、

「北條さんの日記には、随分いろんな人の悪口も書いてありましたね」

と言うと、

「痛烈でしたからね。でもね、北條さんのはいつもユーモアがありましたよ」

と、津田さんは懐かしそうだった。

「北條さんが生きていたら何ていうかしら、と思うことがありますね。やっぱり、絶望するんで

しょうか」

門を出て、バス停まで歩く途中も、私は気になって何度か後ろを振り返ったのだが、そのつど津田さんはそこにいて、丁寧に頭をさげた。

一瞬、東條耿一が「北條北條」と呟く怪しい感覚が私の頭をよぎったが、やはり、六十年の歳月はあまりにも長過ぎた。

XI. 旅の終わりに――冨士霊園文学者之墓

九八（平成十）年の二月、父が死んだ。

私はちょうど、北條民雄の取材にのめり込み始めた頃で、いやがうえにも「いのち」について考えさせられていたときだったので、肉親の死は、よりこたえた。

父は、数年前から病院生活を続けていたので、家族には、ある程度の覚悟はできていたものの、やはりその喪失感は、後になってから徐々に身に迫ってきた。尾辻克彦の小説に「父が消えた」というのがあったが、なるほどそれは、「消えた」という感覚に近いものだったかも知れない。

次男坊だった父には家の墓はなく、桜の季節に七七日を済ませてからは、お墓をどうするかということが懸案になっていた。私の家族は皆、生前からそれを用意しておくというような感覚に疎かった。

母は、「せめて、一周忌までには何とかしてあげたいのよ」と頻りに言ったが、こういうことは「縁」もあるだろうから、あまり拙速であってはならない、というのが私の考えだった。しかし、といって、いつまでも日延べしておけることでもない。落ち着きどころの定まらない父も、さすがに可哀想だった。

奥多摩あたりの霊園を見て回ったりしていた母は、「お盆でもお彼岸でもない墓地に、一人で行くのは淋しいものよ」と言い、要するに私にも一緒に行って欲しいらしかったが、こちらも仕事が立て込んだりして、ぐずぐずしていた。母は、連れ合いに先立たれてからとくに、猶予ということが我慢ならなくなっていた。

ところがそんなある日、「冨士霊園はどうかしら」と、母が突然電話で言ってきた。「清原君と僕と、富士山の見えるところに一緒に墓を立てようよ」。むかし父と父の友人が、冗談でそんなことを言い合っていたのを、思い出したというのだ。画家だった父には、富士山の連作がある。ある時期父は、この山に凝りに凝って、富士山麓に何度も写生に出かけていたので、故人に縁の深い場所と言えなくもない。

「冨士霊園」と聞いて、私にはもう一つの思いがあった。それは、その「文学者之墓」に、北條民雄が合葬されていることだ。

私は北條の取材を始めてから、彼が足跡を記した場所には、極力自分の足で立つようにしてきた。しかし、「冨士霊園」にはまだ行っていなかった。何故なら、北條がそこに合葬されたのは、一九七三（昭和四十八）年五月のことで、生前の彼には、何の縁もない場所であったからだ。

多磨全生園の納骨堂には、そこを訪れるたびに必ず参っている。六十一回目の北條の命日には、津田せつ子さんとそこに参り、私の心のなかで、彼への思いの一つが、静かにはじけていくのを感じていた。

けれども、三七（昭和十二）年、わずか二十三歳で逝ったこの夭折の作家は、生前どこにも行き場がなく、唯一師の川端康成の評価だけを頼みとして、文学を創り続けてきたのだった。してみると、彼にとって神の如く師事した川端の傍らに眠るいまほど幸いなことはなく、その意味で、「冨士霊園」ほど、北條の終の住処として相応しいところもないはずだ。北條を追いかけてきたその最後に、やはり、この「文学者之墓」には立ってみたい、と私は思った。


北條が葬られた墓という意味では、父が分骨して全生病院から連れ帰った、彼の故郷にもそれはある。長らくその墓は、作家「北條民雄」とは何の縁もない、当時の、不幸にして若死にした、とある青年の墓として、遺族のみに守られてきた。

私が北條の足跡について調べていたとき、ある事情に通じた人は、あなたがそれを何かに発表するつもりなら、北條の本名や生家の所在については慎重にした方がいい、でないと、あなたも困ったことになるかも知れないから、と親切に電話で教えてくれた。もとより、私が書いたことで私が批判され、困ったことになるのは仕方のないことだが、私の無思慮が、いま幸せに暮らしている縁者や関係者に迷惑を及ぼすとしたら、それは絶対に避けねばならなかった。

私の質問に答えるかたちで、岸文雄氏が確認してくれた北條民雄の本名やその出自は、彼が生まれてから百年も経った二〇一四（平成二十六）年になって、ようやく明らかにされた。

戦後に到っても、なお、ハンセン病患者の人権を蹂躙し続けた「らい予防法」は一九九六（平成八）年、廃法になった。現在国内では、不治ではなくなったこの病気の新患者の発生はほとんどなく、全体に高齢化した後遺症の療養を行う人の数も激減した。いずれ遠くない将来に、日本ではこの病気は確実になくなるだろう。それでも人々の心の問題としては、ハンセン病はいまも微妙な影を落とし続けている。

香川県庵治町ハンセン病施設
「銭湯、町民とは別に」
町課長が利用自粛求める

香川県庵治町の大島にあるハンセン病の国立療養所「大島青松園」（入園者２７２人）の

入園者代表らに町の総務課長が、今月1日オープンした町営公衆浴場を他の町民と別の日に利用するよう求めていたことが、7日分かった。同園の自治会は当面、利用を自粛することにした。「らい予防法」廃止から2年以上が経過し、入園者のほとんどが完治しているが、啓発すべき立場の町幹部がとった差別的行動に、ハンセン病への無理解と偏見の根強さが浮き彫りになった。

関係者らによると、先月9日、町総務課長が同園を訪れ、自治会長ら4人に「青松園の入園者が来れば町民が来なくなるなどのうわさが流れている」などと発言。「土曜日を青松園に開放することもできる。入浴は特定の日にしてはどうか」などと提案した。自治会役員らが協議して当面の入浴自粛を決め、同15日に「(公衆浴場の入浴は)もう少し時間を置きませんか」と入園者に自粛を求める園内放送を流したという。

日本では、らい予防法(一昨年4月で廃止)の患者隔離収容策などのために差別がなくならず、完治しながら入園している人もいる。

同園の井上愼三園長(60)は「町は差別がなくなるよう啓発すべき立場。非常に残念だ」と話している。

【中村　一成】

(九八年七月八日付『毎日新聞』夕刊)

この記事を書いた記者が、特別意識したかどうかはわからないが、私には、自治会役員が入浴の自粛を決め、園内放送で呼びかけたとされる「もう少し時間を置きませんか」という言葉が、ただだに辛く感じられた。それは、なんと静かな悲しさを滲ませた言葉だろうか。病苦にも増して、険しい差別や偏見のなかを生き抜いてきたハンセン病患者たちは、いったい、いつまで待たねばならないというのか。

「柊の垣のうち」に隔離された人々にとって、鋭い棘をもつその葉の茂みは、確かに「檻」のように感じられたことだろう。その棘はまた、社会に根強くはびこる、差別と偏見の針の筵のようでもあった。

ところがこの柊は、意外にも愛らしい花を咲かせるのだ。柊の葉の茂みに守られるように、モクセイに似た小花が密生する。色は地味な薄いレモン色をしているが、その芳香がゆかしい花である。私には、その控えめに人知れず咲く花が、どこかハンセン病を生きてきた人々の、懸命な生の姿にだぶって見える。

私は、柊の花のように生きてきた人々の声に、いつまでも耳を傾けていたいと思った。光岡良二が制作した年譜にあるように、北條の出生地は当時の朝鮮京城府であったが、彼は、その地の記憶を全く留めていなかった。彼の故郷は、紛れもなく、彼が育った阿波の南方であった。

北条民雄は、本質的には楽天家であった。彼の小説、エッセイ、記録、日記、あるいは書簡を読むと、それがよく分かる。傲岸と稚気、異常な鋭さの感覚の蔭に、あきらめを知らない粘っこくしぶとい楽天家がいて、彼の言葉はそこから紡がれてきている。俗に言われる極楽な生命哲学などとはまったく種類を異にするもので、それはこの作家を生んだ風土の気質に多くを負っている。

（森内敏雄「北条民雄再読　作家による作家論」）

「北条民雄は、本質的には楽天家であった」という件を読んで、何故か私は救われたような気持ちになった。私は森内俊雄のことは、いくつかの作品を読んで知っているに過ぎず、もちろん面識もないが、この人の人物評は信用していいと思った。もちろん私自身も、北條の作品や日記を見ていて、彼の楽天家ぶりを好ましく思う一人である。

森内が言うように、この楽天家、北條民雄の資質が、「この作家を生んだ風土の気質に多くを負っている」としたら、私はその風土を肌で感じてみたいと強く念願したのだった。森内は大阪出身の作家だが、彼の両親は徳島の出で、自身も少年時代の一時期を、そこで過ごしたと言っている。とくに森内が、前掲の文章の後段で、「この土地の言葉なら、いまでも大阪弁同様にあやつることが出来る」と書いている点は、注目していい。何故なら、小説は、言葉を紡ぐものだからだ。

北條の作品中に現れる「望郷」の表現は、私にさまざまなことを語りかけてきた。北條の「望郷」、もう少し踏み込んで言えば、彼の「母恋」は、その生の根幹を支配し続けたと、私には思える。

九九年の正月。よく晴れた冬の日に、私には北條の墓参りといういささか不純な動機もあり、母とともに「冨士霊園」に向かった。妻と小学二年生の娘は、年末以来のしつこいインフルエンザを引きずって、家に残ることになった。

その日の朝、ロマンスカーの席を占めた私と母には、久しぶりにどこかへ遠足に行くような、長閑な安らぎもあった。さすがに、一年に近い月日は、父の死の生々しい感覚を、心の裡に息づく、深く、しなやかな思い出へと変えようとしていた。それはいずれ、霊場の階の傍らに微笑む花のように、咲き続けることになるだろう。

私はこれまで、何人かの近親者の死に遭遇してきたが、そのいずれの場合も、「看取る」という類の体験ではなかった。父のときにも、大病院の高度医療を被っての闘病であったけれども、介護者として専ら付き添ったのは母で、その最期に間に合ったのも、結局、母一人であった。母は、四十年近くを共に生きてきた連れ合いを、看取ったのであった。

ハンセン病療養所における結婚は、かつてワゼクトミー（断種）が条件とされ、子孫をこの世に残すことが、許されていなかった。それでも、「ヒイラギの檻」に隔離された孤独な魂同士は相寄り、男女の情愛によって育まれる「家族」の絆を求めたのであった。しかし、療養所での夫婦が、何よりお互いを必要としたわけは、連れ合いの病勢が進行したとき、その不自由を補い合い、くらしの中で扶け合う相手としてであった。最後は、いずれが先立つ運命になろうとも、それを看取ってくれる配偶者を欲したのである。

父は左半身麻痺を被り、車椅子の生活を続け、最後はベッドに横臥したままという次第で逝ったが、本人がもっとも望んでいたはずの画を、人生の業となし得たことは、幸いなことだった。そのために母は、父の不自由を補い、いわば共同制作のような仕事を続けてきた。

おそらく父は、なお、多くのことを語らないまま旅立ったと思うが、果たして彼の死の後には、多くの作品が遺された。これらの作品は今後折に触れ、多くのことを語るに違いないのだ。私は父に限らず、そのような生の痕跡を留めることができた人の生涯に、羨望を禁じ得ない。

私は前に、北條が将来盲目になったとき、文学の道を閉ざされることを恐れる告白は、「逆説的に理性的な表現」であろう、と書いた。しかし、いま考えてみると、それはやはり、北條の本音であったかも知れない。北條は自らの「いのち」を、十把一絡のものとして、埋没させたくはなかったのだ。北條が、断然自らの生の痕跡を留めることができるのは、言うまでもなく文学であった。

北條は死の一ヵ月ほど前、光岡良二を介して、病院内のある女性に求婚している。およそ傍目には、衰弱しきった北條のそのときの在り様から、思いも寄らぬ事態であった。ところが、北條の「本当なら、今こんなことを言い出すべき状態の自分でないのを知っている。だが考え出すと、どうしても待てないんだ。彼女の気持を知りたい。もし彼女が受け入れてくれるなら、それだけで俺は希望をもって闘病してゆけると思う。そんな希望があれば、きっとよくなれるにちがいない」（光岡良二『いのちの火影』）という言葉を聞いて、光岡は、その困難な使者の役を果たしてやった、と書いている。

この求婚は、やはり成就しなかったのだが、北條のこのときの願望は、なお自身の健康を回復し、「まだ少女期を抜けきらない女の子」であったというこの女性と契り、お互いを扶け合い、看取り合う夫婦となることであったのだろう。そして、北條が将来失明した場合には、この女性に口述筆記してもらっても、文学を続けるという未来図が、彼の脳裏に描かれていたとしたら、その思いはいっそう哀切であった。

ハンセン病療養所では、いまも偽名を用いて生活している人がいる。もちろんそれは、根強く残る差別、偏見の故であるが、もはやそこでは、本名、偽名という使い分け自体、あまり意味を持たなくなっているようでもある。大切なのは、呼び名はどうあれ、自らの存在を明らかにすること、その生の痕跡を確実に示したいという願望なのであろう。ハンセン病図書館の山下道輔氏が、自らを含めたハンセン病患者の歴史を後世に伝える、資料の仕事に飽くなき情熱を傾け続けるのも、こうした由縁による。

一九九七（平成九）年に物故した在日朝鮮人のカメラマン、趙根在《チョクンジェ》は、長年ハンセン病療養所に通い詰め、患者らと共に一つ鍋のものをつつき、一緒に風呂に入り、共に眠り、ときに激し、論じ合うなかから、力強い作品を数多く遺した。ハンセン病患者の日々をすくい取り、私たちの目の前に突きつけるその写真の一枚一枚が、まさしく、趙の激しい生の痕跡を示すものでもあるが、私はそのなかの一葉、多磨全生園の納骨堂の内部を写した写真を目にして、突然首筋に、冷たいものを押しつけられたような思いがしたものだ。

その棚には、累々と骨壺が並んでいるのである。納骨堂なのだから当たり前のことだが、小さな簡素な壺に、針金を掛けただけのそれを、私は、どうしてもモノとみなすことができなかった。そして、私が戦慄を覚えたほんとうのわけは、その夥しい壺そのものではなくて、その一つ一つに墨書された、故人の姓名の哀しい叫びである。

奥津城で、彼等はようやく、その生地に連なる本名を回復し、永久の眠りに就いているのであった。

小田急線は、狛江の和泉で多摩川を渡る。和泉は、もちろん湧水に由来する地名だが、清い水に恵まれた土地を、川は、おっとりと流れていく。

鉄橋を過ぎると、車窓の景色は、万葉の頃から「多摩の横山」と呼び慣わされてきた、多摩丘陵の中に入っていく。柿生、鶴川あたりもかなり建て込んで、風景はずいぶん変わってしまったが、やはりどこかに、中世の香を宿している。

古代、武蔵国悲田処が置かれた狭山丘陵の東麓、久米川に宿のあった鎌倉街道は、南へ下って武蔵国分寺、府中、そして分倍河原の関戸の渡しで多摩川を越え、多摩の横山へと通じていた。そこを抜けると、相模原へ出る。緩やかな起伏がアクセントを付ける武蔵野に較べると、相模原はずっと広々と開かれており、陽の光も明るい。

座間、海老名を過ぎて、相模川を渡る頃になると、目の前に、大山が堂々と望まれるようになった。雨乞い信仰で知られた相模の名山、大山の金字型は、やはり、江戸湾を往く漁民の目印とされてきたという。その人格的山容に、私は、阿波の南方の津峰山をだぶらせて見ていた。

冬の空気は、澄み切って張りつめている。その山稜は目に痛いほど、明瞭にそばだって見えた。小田急線は、秦野の辺りで山の南側に回り込んでいるので、しばらくは、大山から丹沢山塊へと連なる粘りのあるマッスを、窓の外に眺めることができる。

「ここは描けるわねえ」

と母は言った。彼女が、画を描くのではない。父なら描くだろうというのだ。これは絶望的な感想と思えるが、母にとっては、なお、父は面影以上の存在として、「同行二人」を続けているのかも知れない。富士山は、母と父の〝霊場〟であった。

松田を過ぎ、山北を通過する頃、辺りには柚の木が何本も現れた。母は、柚は山北の名産だったはずだ、と言う。私は、阿波の南方で見ることのなかった、北條の好物の蜜柑のことを思った。柚の実は、常緑の葉陰にたわわに実り、冬日を浴びて、黄金色に輝いていた。

「富士霊園」は、その名の通り、富士の山裾に広大な敷地を占めて、明るく拡がっていた。富士山を背にすると、目の前には箱根が見える。すべてが、雄大であった。

「文学者之墓」は、斜面に開かれた霊園をゆるゆると上った、雑木林の中にあった。雑木林は武蔵野のそれのようでもあるが、射し込む陽はずっと明るく、その光彩には、海が近いことを感じさせるニュアンスがあった。この場所からなら、駿河湾へでも、相模湾へでも足を延ばすことができる。この開放感こそ、生前の北條が、もっとも憧憬したものであったろう。

文学者の墓碑は、数枚の腰屛風のような石の板碑として並んでいた。碑には、その名と代表作、没年月日、享年が、一行ずつ刻まれている。物故者に混じって、赤字の生者の名も幾つか見えた。いまから代表作が刻まれているということは、すでに、仕事に一定の見通しが付いてしまったということなのだろうか。私には、どうも赤字の墓碑銘を刻む心理が、よく理解できない。

北條の名は、なかなか見つからなかった。師の川端康成の隣に刻まれていたのは、民雄ではなくて、北條誠の名だった。川端康成の名がこの墓碑銘に連なったのは、北條民雄が合葬されたときより、後のことである。二人の名前は、同じ板碑の中にはないはずだった。

土岐哀果は、かつて「わがために一基の碑をもたつるなかれ歌は集中にあり人は地上にあり」と詠じて、その遺言と為した。私の母の旧知が哀果の親戚であった縁で、彼の葬儀の折に配られたという、寸松庵ほどの大きさに印刷されたこの歌が、しばらく私の部屋に掛かっていた。「歌は集中」「人は地上」、碑にその名を刻むなど通俗の極み、と哀果ならいうところであろう。けれども、碑に刻まれた人の名とその仕事を辿ることは、やはり凡夫には、歴史を繙くような、密やかな楽しみがあった。

佃實夫の名前があった。佃が生まれたのは、一九二五（大正十四）年だから、北條より十歳以上後輩に当たるが、彼が生を受けたのは、やはり阿波の南方だった。佃實夫は、私が「いざりぐるま」を見た平等寺のある新野の、中産階級の家庭に生まれている。その代表作としては、「わがモラエス伝」のタイトルが刻まれていた。モラエス――その名とともに、徳島の作家、佃實夫の名は、人々に長く記憶されることとなった。

「文学者之墓」には、徳島の作家として挙げられる、海野十三や野上彰の名もあった。そのときは赤字の墓碑銘だったが、戦後ハンセン病を険しく戦ってきた、作家の島比呂志の名も、その代表作「海の沙」とともに見いだされた。

私は、何か肩すかしを食らわされたような、奇妙な虚脱感に襲われて、無意識のうちに苦笑がこみ上げてきた。私がこの一年あまり、あちこちで邂逅してきたこれらの人々が、皆この場所に集まって、さも当たり前のように待っていたとは。寄り道をしてきた私を、「遅かったではないか」とからかう故人らの笑い声が、一瞬聞こえたようであった。

そして、やはり企みのように、北條民雄の名は、いちばん最後に見いだされた。何のことはない。菊池寛から始まる墓碑銘の、比較的最初に近いところに、その名はあった。私は、数基ある板碑の墓碑銘を、反対側から辿っていたのだ。

私とは少し離れて、「文学者之墓」を辿っていた母は、北條の名前の前で私に追いついて、

「北條民雄の作品て、どのくらいあるのかしら」

と、独りごちるように言った。母は、北條を読んではいなかったのだ。

「実際の仕事をしたのは、二年にもならないくらいだからね。完結した小説は、七篇ほどしかない」

私の答えを引き取って、母は「ずい分若かったわね」と、思い出したように呟いた。

「北條民雄　いのちの初夜　一九三七・一二・五・二三才」。

確かに、北條は若かった。板碑の、彼の名の上に、しらじらと木漏れ日が落ちている。

あとがき

二〇〇一年九月、瀬戸内に浮かぶ長島にある二つの療養所、長島愛生園と邑久光明園を訪ねた。愛生園の、明石海人が照明体験を得たと思われる丘の上からは、いまも眼下に油のように凪いだ播磨灘が見渡せ、その先には、意外な近さで小豆島の島影が望まれた。その時間を失ったような静けさは、外洋の未知へと直接つながる、北條民雄の故郷、阿波の南方の海とは、まったく異なる印象を私に与えた。

私が北條民雄を追い求める旅を始めたのは、らい予防法が廃法となった一九九六年の翌年のことだった。それから四年の時間が流れ、昨年、らい予防法による国の施策は憲法違反であったことが、裁判所の判決として初めて示された。この司法の判断については、全国に十五ヵ所ある療養所の入所者や社会復帰者の間にも、さまざまな受けとめ方があるようだ。「みんな必ずしも療養所のことを知らんし、病気のことを知らん」。愛生園で半世紀以上を暮らしてきた入所者の、和公梵字氏はそう呟いたが、単に病理的な意味にとどまらず、より広い意味でのハンセン病の病像を、今後とも明らかにしていく試みが続けられなければならないだろう。

海人も眺めた淋しい美しさをまとう海景を前に、言葉もなく立ちつくしたその日、私は愛生園の訪問者宿泊所に一夜の宿を求めた。私の他に宿泊者は誰もいない。深更、盲導鈴の代わりに流されていたラジオ放送が終わると、その後は律動する波の音もなく、ただ、すだく虫の声だけに包まれた。ちょうど陰暦文月の望にあたっていた。街の灯から遠ざけられた島の療養所に光源は乏しく、中天から差しこむ月光が、驚くほどの明るさで室内を白々と照らし出した。私はそのとき、李白の、

牀前　月光を看る
疑うらくは　是れ　地上の霜かと

という、「静夜思」の詩句を思い出した。

六十年以上前、北條が病を養った「癩院」に、月光はどれほどせつなく、雨はいかほどやさしく降り注いだであろうか。彼が死を思って最後の帰郷をしたとき、汽車の車内はどんな臭気に包まれ、港の灯りはいかにあえかに灯っていたか。北條と遥かに世代の隔たる私は、この小さな文章を書きとめるにあたって、北條が生きた時代を包むさまざまなイメージを、できるだけ自らの脳裡に膨らませることに時間を費やした。それが功を奏したかどうかはわからないが、そのような〝時間の旅〟を可能にしてくれたのは、やはり、先輩たちが筆圧をこめて刻みつけた文字と、

旅のなかで邂逅の機会を与えられた、多くの人々の言葉だった。

たとえば、津田せつ子さんからは、兄の親友だった北條の生前の面影を、岸文雄氏からは、北條が育った阿波の風と土について、多くのことを教えられた。山下道輔氏からは、資料についてたくさんの示唆をいただいたが、とくに、ハンセン病図書館で繰り返された氏との対話がなかったなら、拙稿が形を成すことはあり得なかった。

歴史家の金子民雄氏は原稿に目を通し、かけだしの私に対する好意に満ちた感想を、長文の手紙のなかで示してくださった。先輩の書き手で、移民史を研究する倉部きよたか氏には、ときに盃を重ねながら多くの助言をいただいた。その他いちいちお名前を記さないが、多くの人々の後押しを得て、この本がようやく日の目を見たことに、心から感謝申しあげたい。

そして、まったく保障のない書き手の、浅短な作文を拾い上げ、出版を決意してくださった皓星社の藤巻修一社長、能登恵美子さん、そして、編集を担当してくださったほかの皆さんにも、この場を借りて厚くお礼申しあげる。

二〇〇二年一〇月

清原　工

新版あとがき

作家　阿南市《あなん》下大野町《しもおおのちょう》、七條林三郎《しちじょうりんざぶろう》の次男として、父の勤務地であった朝鮮の京城で生まれる。本名は七條晃二《てるじ》。昭和十二（一九三七）年十二月五日、二十三歳で死亡。死因は腸結核によるものであった。

生後まもなく母親の病死により、父に連れられて帰国し、母の出里である七條家の祖父母に預けられ、親戚筋の乳母によって育てられた。

（大和武生「北條民雄」『阿南市の先覚者たち』第一集）

『阿南市の先覚者たち』が出された二〇一四（平成二十六）年は、北條民雄の生誕百年に当たっていた。徳島県立文学書道館では文学特別展「北條民雄――いのちを見つめた作家」が開催されたが、その直前に、北條民雄の本名と出身地が公表された。

北條の療友だった光岡良二が、斎藤末弘との対談で説明しているように、北條の父、林三郎は、戦前の旧民法では法的にも普通にあった婿養子で、いわゆる〝家つき娘〟だった妻が他界した後は、二人の間に出来た子どもが七條家の家督を相続するのは当然だった。満一歳の誕生日を迎える前に、北條民雄こと晃二が、母の出里である七條家の祖父母に預けられたのは、そうした事情を考えると納得がいく。

　そして、私自身には説明のつかない、偶然の導きによってたどり着いた七條家は、九五（平成七）年に初めて訪れた、祖父、重以知の生家の隣家であった。これが何がしかの〝暗号〟であったなら、やはり、ゆるがせにできない縁《えにし》であるように私には思われた。しかし、そのことを最終的に明確にしてくれた岸文雄氏が、「やはり遠慮しておきましょう」と言ったような、根深い偏見の堆積はなかなか容易に払拭できず、それを公表するまでには、なお、北條民雄の生誕百年を待たなければならなかったということだ。

『阿南市の先覚者たち』に北條民雄の本名や出自を収載することができたのは、出身地の阿南市が遺族を説得し、その了解が得られたからである。

　今、北條が育った地では、郷土が生んだ文学者を顕彰する取り組みが、ようやく始まっている。命日の十二月五日を「民雄忌」と名付け、二〇一九（令和元）年からは、この文学忌に合わせて「偲ぶ会」も行われるようになった。

　七條家の一人娘だった晃二の母は、一八八九（明治二十二）年の生まれで、私の祖父が生まれたのは前年の八八年である。隣の家で育った者同士であれば、全く面識がなかったということは

徳島県下大野の風景（2018年、著者撮影）

まずあり得まい。しかも、ほぼ同い年と言ってもよい歳ごろの二人ならば、いわゆる幼なじみという間柄であっても不自然ではないだろう。

清原重以知は一九〇六（明治三十九）年に上京。翌年、東京美術学校西洋画科に入学し、その後も東京を生活の拠点として、画業を生業《なりわい》としてきた。東京美術学校の同級生には、萬鐵五郎の他、金沢重治や御厨純一、神津港人といった人たちがいた。彼らは後に、公募展を開くような美術団体を牽引することになる作家たちで、いわば、日本に「西洋画」を定着させるために尽力した人たちと言ってよいだろう。

それでも重以知は、徳島にはしばしば帰省していたようである。ただ、隣家だった七條家の一人娘は、晃二を産んで一年も経たない一五（大正四）年には病死していたから、再会することはかなわなかった。それでは、祖父母に預けられていた晃二に会うことはあっただろうか？　私が小学校の低学年だった今から半世紀も前に、祖父はすでに他界しているのだから、それを確認することはもはやできない。

北條民雄が東京の全生病院で没した一九三七（昭和十二）年に、四十九歳だった重以知は、故郷の徳島で個展を開いている。その前年、「いのちの初夜」を癩院から発表して、世間の耳目を大いに集めていた、「北條民雄」の名前ぐらい耳にしていたとしておかしくはないけれど、よもやその人が、隣家、七條家の跡取りとなるべき青年であったとは、最期まで想像だにできなかったのではないだろうか。

昭和三十四年（一九五七）にはモラエスを描いた小説『ある異邦人の死』が芥川賞の候補に挙げられ、その時の選考委員の一人であったノーベル賞作家の川端康成は實夫の才能を高く評価し、後日手紙を送って励まし、時には自宅に招いたといわれている。

このほか、實夫が川端康成にあてた手紙が徳島県立文学書道館に所蔵されている。手紙の内容は才能を惜しまれつつ早世した同郷（現阿南市下大野町出身）の作家北條民雄の碑の建立についての考えを、北條民雄の師であった川端康成に相談している。

（古川良夫「佃實夫」『阿南市の先覚者たち』第一集）

佃實夫には、「徳島のラフカディオ・ハーン（小泉八雲）」と呼ばれたヴェンセスラウ・デ・モラエスをモデルにした「ある異邦人の死」の他、文学者之墓の墓碑銘にその代表作として刻まれた、評伝の「わがモラエス伝」などの著作がある。また、ハンセン病との関りでも知られる賀川豊彦や、その父、賀川純一を描いた長編小説『緋の十字架』など、徳島ゆかりの人物を取り上げた作品は数多い。

私はかねて、阿波の南方で育った佃が、もし北條が同郷であることを知っていたら、間違いなく自身の作品に取り上げていただろうと想像していた。それは結局かなわぬままになったようだが、「ある異邦人の死」が、「いのちの初夜」と同じように芥川賞の候補になったことが縁となり、同賞の選考委員だった川端康成に、文学碑の建立について相談していたことを知り、なるほどと思った。今、北條の郷里では、碑の建立の計画も進みつつあると聞いた。

佃の個人墓は、後年暮らした横浜の寺の墓地に建っている。その寺には、十一世紀の荒々しいのみ跡を残す、「鉈彫り」の十一面観音菩薩立像が安置されていることで知られているが、佃の奥津城は寺に連なる高台の上にあり、悠然と下界を見下ろしていた。

最後になりましたが、多分に私事に傾きがちな話を聴き、新版上梓の提案をしてくださった皓星社の晴山生菜社長には、改めて感謝申し上げます。

二〇二一年五月

著者

主な参考文献

〈書籍〉

北條民雄『定本北條民雄全集　上』（創元ライブラリ、一九九六年）
北條民雄『定本北條民雄全集　下』（創元ライブラリ、一九九六年）
北條民雄『北條民雄　小説随筆書簡集』（講談社文芸文庫、二〇一五年）
北條民雄『いのちの初夜』（角川文庫〔改版〕、二〇二〇年）

川端康成『川端康成全集』（全三十五巻、補遺二、新潮社、一九八〇年〜）

朝日新聞社編『武蔵野風土記』（朝日新聞社、一九六九年）
『阿南市史』第一巻（阿南市、一九八七年）
『阿南市史』第二巻（阿南市、一九九五年）
『阿南市の先覚者たち』第一集（阿南市文化協会、二〇一四年）
石川光陽『昭和の東京　あのころの街と風俗』（朝日文庫、一九九三年）
石原吉郎『北條』（花神社、一九七五年）
石原吉郎『望郷と海』（ちくま文庫、一九九〇年）
和泉たか子『西武新宿線歴史散歩』（鷹書房、一九八七年）
伊波敏男『花に逢はん』（日本放送出版協会、一九九七年）
内村剛介『妄執の作家たち』（河出書房新社、一九七六年）

瓜谷修治『ヒイラギの檻』（三五館、一九九八年）
大原富枝『忍びてゆかな　小説津田治子』（講談社、一九八二年）
岡村多希子『モラエスの旅　ポルトガル文人外交官の生涯』（彩流社、二〇〇〇年）
小川正子『小島の春』（長崎書店、一九三八年）
神河庚蔵『阿波国最近文明資料』（私家版、一九一五年）
川端秀子『川端康成とともに』（新潮社、一九八三年）
『新潮日本文学アルバム　川端康成』（新潮社、一九八四年）
岸文雄『望郷の日々に　北條民雄いしぶみ』（徳島県教育印刷、一九八〇年）
紀田順一郎『東京の下層社会　明治から終戦まで』（新潮社、一九九〇年）
『現代日本文學大系45　水上瀧太郎、豊島與志雄、久米正雄、小島政二郎、佐佐木茂索集』（筑摩書店、一九七三年）
『現代日本文學大系56　葉山嘉樹、黒島傳治、平林たい子集』（筑摩書房、一九七一年）
国木田独歩『武蔵野』（新潮文庫、一九四四年）
窪島誠一郎『無言館ノオト――戦没画学生へのレクイエム』（集英社新書、二〇〇一年）
栗原輝男『生くる日の限り　明石海人の人と生涯』（皓星社、一九八七年）
斎藤鶴磯『武蔵野話』（有峰書店、一九六九年）
斎藤末弘『影と光と　作家との出会いから』（ヨルダン社、一九八一年）
桜井正信『文学と風土　武蔵野』（社会思想社、一九六八年）
桜井正信『歴史と風土　武蔵野』（社会思想社、一九六六年）
佐々木和子『多摩の文学散歩』（けやき出版、一九九三年）

佐野山陰『阿波誌』（郷土史刊行会、一九三二年）
澤野雅樹『癩者の生　文明開化の条件としての』（青弓社、一九九三年）
式場隆三郎編『望郷歌　癩文学集』（山雅房、一九三九年）
島木健作『獄』（ナウカ社、一九三四年）
『昭和二万日の全記録第4巻　日中戦争への道　昭和10年―12年』（講談社、一九八八年）
全生文藝協會編『癩者の魂』（白鳳書院、一九五〇年）
高浜虚子編『武蔵野探勝　中』（甲鳥書店、一九四〇年）
髙山文彦『火花　北条民雄の生涯』（飛鳥新社、一九九九年）
竹内泰宏『少年たちの戦争』（河出書房新社、一九九一年）
多磨全生園患者自治会『倶会一処　患者が綴る全生園の七十年』（一光社、一九七九年）
田山花袋『東京近郊　一日の行楽』（現代教養文庫、一九九一年）
佃實夫『わがモラエス伝』（河出書房新社、一九六六年）
津田せつ子『曼珠沙華』（日本基督教団出版局、一九八二年）
津田せつ子『病みつつあれば』（けやき出版、一九九八年）
『徳島の作家　清原重以知展』（徳島県立近代美術館、一九九五年）
徳島の小説編集委員会編『徳島の小説　郷土出身作家選集』（徳島市立図書館、一九八四年）
『特別展　徳島の作家　清原重以知展』（徳島県立近代美術館、一九九五年）
戸田房子『詩人の妻　生田花世』（新潮社、一九八六年）
長須祥行『西武池袋線各駅停車』（椿書院、一九七三年）
中村光夫『作家論』（鱒書房、一九四八年）

西井一夫、平嶋彰彦『新編「昭和二十年」東京地図』（ちくま文庫、一九九二年）
平野謙『現代作家論』（南北書園、一九四七年）
フィリップ、淀野隆三訳『ビュビュ・ド・モンパルナス』（岩波文庫、一九五三年）
松村好之『慟哭の歌人・明石海人とその周辺』（小峯書店、一九八〇年）
光岡良二『いのちの火影　北条民雄覚え書』（新潮社、一九七〇年）
光岡良二『北条民雄　いのちの火影』（沖積舎、一九八一年）
光岡良二『水の相聞』（雁書館、一九八〇年）
W.de モラエス、岡村多希子訳『モラエスの日本随想記　徳島の盆踊り』（講談社学術文庫、一九九八年）
ヴェンセスラウ・デ・モラエス、岡村多希子訳『おヨネとコハル』（彩流社、一九八九年）
森田進『文学の中の病気』（ルガール社、一九七八年）
山本貴夫『多摩文学紀行』（けやき出版、一九九七年）
湯浅良幸『新版　徳島県の歴史散歩』（山川出版、一九九五年）
山本健吉『私小説作家論』（審美社、一九六六年）
和田博文『単独者の場所』（双文社出版、一九八九年）
＊
高良留美子「解説」（『全集・現代文学の発見第七巻　存在の探求　上』（学藝書林、一九六七年）
〈雑誌〉
五十嵐康夫「北條民雄試論　童話的関連をめぐって」（『二松学舎大学人文叢書』第4輯、一九七二年）

伊豆須郎「危機における人間の文学」（『文芸首都』一九六三年八月号）
芹沢俊介「北條民雄（1）」（『試行』第28号、一九六九年）
芹沢俊介「北條民雄（続）」（『試行』第29号、一九七〇年）
辻橋三郎「北條民雄の思想と文学　私小説覚書」（『日本文学』第十三巻七号、一九六四年）
長門妙子「評伝北條民雄」（『学苑』一九六五年一月号）
村田義光「若き癩の天才　北條民雄の死」（『新女苑』一九三八年二月号）
森内俊雄「北条民雄再読　作家による作家論」（『文体』八号、一九七九年）
大和武生「阿南文化の特徴」（『徳島の文化』第3号、一九八四年）

『山櫻』一九三四年七月号〜三七年一月号

清原　工（きよはら・たくみ）
1961年、東京生まれ。86年、東海大学文学部文明学科アジア専攻西アジア課程卒。イバダン大学インスティテュート・オブ・アフリカン・スタディーズ（ナイジェリア連邦共和国）に留学後、日本ユネスコ協会連盟事業部長、世界遺産グループ・マネジャーなどを経てフリー。著書に『国境の人びと　トランスボーダーの思想』（共著、古今書院）、『雑草にも名前がある』（共著、文春新書）、『みんなの世界遺産④西アジア・アフリカ』、『日本とのつながりで見るアジア　過去・現在・未来〈第6巻〉西アジア』、『日本の世界遺産④』、『日本の近代化遺産図鑑④中国・四国』（以上、岩崎書店）など。

新版　吹雪《ふぶき》と細雨《さいう》　北條民雄・いのちの旅

発行　2021年7月25日 初版第一刷発行
定価　2,000円+税

著　者　清原　工
発行人　晴山生菜
発行所　株式会社 皓星社
〒101-0051 東京都千代田区神田神保町3-10-601
電話：03-6272-9330 FAX：03-6272-9921
URL　http://www.libro-koseisha.co.jp/
E-mail book-order@libro-koseisha.co.jp
郵便振替　00130-6-24639

装幀　山崎　登
印刷・製本　精文堂印刷株式会社

ISBN978-4-7744-0745-6 C0095